每个孩子心里，都梦想着流浪。
长大了以后，所有梦里的流浪，却都是向着回家的方向

幸好我知道，不久的将来，还有春天，也还有一个你。
对于看不见的人来说，红色也许是黑色，蓝色也许是黄色

"让别人去征服世界吧，我只想征服一个人的胃和心"，
这是我见过最伟大的爱情表白。面朝大海，春暖花开

孤独的感觉，就像是天寒地冻的时候，
一个人走在雪地里瑟瑟发抖，却不得不继续前行

我们能看到的世界太过缤纷芜杂，一直在追寻，却丢了最该留下的风景

我们不能理解别人对爱人的等待，而他们的付出，又何必需要我们理解

不论怎样，你都不会知道，为了和你站在一起，
我付出了多大的努力，竟然花光了人生所有的运气

有一种在意，叫你见到的永远都是洗了头的我。

渡渡 —— 著

# 和你在一起，
# 我很高兴

湖南文艺出版社
HUNAN LITERATURE AND ART PUBLISHING HOUSE

博集天卷
CS-BOOKY

# 序
## 二三事

我曾与一对情侣关系很好，男女双方都是我很好的朋友。好到我们三个人在一起时，他们两个人都不觉得有我这个灯泡的存在。他们在一起的时候，是我人生中最为自卑的一段时间。我曾经默默羡慕一切光鲜美好的事物，例如他们的爱情。

可是让我感到难过的是，后来他们还是分开了。历经了无数次的争吵、失望、分手、和好，循环往复。终于有一天，有个人累了，说我们分手吧，然后就头也不回地离开了，好像彼此从来没有爱过一样。

我为他们的故事感到可惜，当我每次想动笔写一些有关偶然或者必然的因果之事的时候，却还是放弃了这个念头。我也曾经试图把他们的故事写成一部小说，但后来发现这个计划始终难以完成，或许是我的描述能力太差了的缘故。又或者是感情这种事，到最后谁也说不出个所以然。

不过幸而他们如今都有佳人相伴。所有的故事，都会有一个美好的结局，而其中细节，不必过度追究。


前几日和一个姑娘在网上聊天的时候，她提起她刚刚和男友度过两年的纪念日。我有些愕然，原来两年的时光，就这么不知不觉地从指缝间溜走。她发来一个微笑的表情：当初你们都没想到我们会在一起这么久，对吧？

我想了想之后，不由得为了当初的断言而感到有些羞愧：是。的确没想到。

他们和我认识的另一对情侣一样，从一开始就不被大家看好，而如今却一步步走到了被祝福、被期待开花结果的时候。有时候我深深觉得，其实人的眼睛是会骗人的，你永远也不知道你看到的合适与不合适，是否真的是事实。

他们现在很幸福，这样就足够了。作为旁人，或许从一开始就不必管那么多，祝福就好。

我认识一个女孩，她在感情的路上一直都比较坎坷。

前不久，有一个喜欢她的好男孩出现了。恰巧那个时候，女孩对他也有一些好感。当我们都以为这桩好事就要水到渠成的时候，那个女孩却拒绝了男孩的表白。当时我们都以为她疯了，既然喜欢一个人，而那个人又恰好喜欢她，她为什么要拒绝呢？可是她却说，她明白她想要的究竟是什么，他的确很好，可是她不能给他他想要的东西，他同样也不能给她她所想要的东西。

尽管很遗憾，但是与其以后更难过，还不如现在就放弃。她如是说。

我们无法知道，当她做出选择的时候究竟付出了什么样的代价，下了多大的狠心，流了多少的泪水，失眠了多少个夜晚。我们最后只看到这个结果，用自己的标准去判断这件事究竟是聪明还是愚蠢。可是这么做的我们，才是最笨的。

相爱，不一定要在一起。也许，成全你成为一个更好的人，也是我默默爱你的一种方式。


近期，一对很相爱的情侣分手了。

我问男生，你既然喜欢她的话，干吗要放弃呢？男生说，我不只是喜欢她，我是爱她。可是相爱，可能也不一定有结局的。我曾经一直觉得，只要两个人是相爱的，那世界上没有什么不能克服。现在我仍然相信，却也渐渐明白，与其看着她变成我所不喜欢的那种样子，不如在我们最好的时候分开。

人和人的思维方式是不一样的，有的人在一起仅仅是为了维持一段关系，有的人分开却是因为太爱对方。你说，这个世界，是不是很可笑？

忽然想起《暹罗之恋》里的一句台词：我或许不能再陪在你身边了，但这不意味着，我没有爱过你。

我最不明白的一件事，就是该不该劝别人分手。在我的词典里，一直以来都没有"劝分"这个词条。可是有时候，看到朋友很难过的样子，说着明明一片真心却得不到回报时的委屈神情，我总是想说：放弃吧。总是有人痛哭流涕地控诉男朋友对自己冷冰冰的，却又因为接到了男朋友的一条短信就马上振作起来。

嘿，如果你真的死心了，就不会告诉别人你已经死心了。可以说出来的放下，都不是真心想放下。

所以听到他们抱怨的时候，我总会劝他们：等等吧，再给对方一个机会吧，也许对方会长大，会明白，会醒悟……其实这些求安慰的朋友，就像小孩子一样，可怜兮兮的。然而这条路，总还得他们自己连滚带爬地走下去。旁观者固然清醒，但无论你再怎么劝说，也是没用的。世上有些弯路，一直以来，都是非走不可的。

二三事而已，你你我我他他她她，不过都在看着，听着，经历着，也遗忘着。

世间事，本无可，不妨不了了之。

# 目录

## Part I 明明是想靠近 却孤单到黎明

# Part II　能够和你在一起，我很高兴

## Part III　我想和你说说话

## Part IV　当我终于失去了你

## Part V 你们在，我才有最好的时光

## Part VI　愿你被这世界温柔以待

## Part VII　如果有人让你不高兴

PART

明明是想靠近

却孤单到黎明

# 何必想太多

　　这是刚从人人网上知道的一个故事。一个哥们儿喜欢一个比他年长四岁的姑娘。两个人的相遇场景比较特别，他去看牙，那个姑娘是牙医。一来二去，他向她要到了微信号，开始找姑娘聊天。在微信上两个人聊得还不错，他有问，她也有答，据男生说："算是有点儿小暧昧。"

　　后来，男生尝试着约女生出来，女生也答应了。没承想男生因为工作原因，没有办法去赴约，结果这次约会被耽搁下来。再后来，男生因为一些小事和那个姑娘产生了争执，毛毛躁躁，也说了一些不是很顺耳的话，姑娘就把男生的微信号给删了。等男生意识到，后经好说歹说、赔礼道歉才把姑娘加了回来，可姑娘从此就不太搭理他了。再后来，男生去医院门口候着那个姑娘下班，还头脑发热地天天送早餐，结果两天过去了，姑娘彻底把他拉进了黑名单。

男生比较郁闷，来问我为什么。我很直白地告诉他："因为她对你没意思啊。"

男生不服气，辩解说如果女生对他没有好感，为什么当初约她出来她就答应了呢。

上面那个故事里的男生今年二十四岁，大学刚毕业，工作没多久。他喜欢的那个女生今年二十八岁，适婚待嫁。一个姑娘会答应与一个还不算讨厌的男生出来吃饭，是有着千百种理由的，那并不意味着每种理由都和喜欢对方有关系。这与双方的人品无关，只是代表了这个姑娘性格比较外向，愿意广交朋友，或许只是因为她肚子饿了想好好吃一顿，但一个人吃没意思，而闺密又没空，等等。

一个二十八岁的姑娘流露出想结婚的念头，如果那个男生愿意站在她的立场上考虑一下，就会发现她选择一个年纪比自己小挺多且冲动不成熟的男生的概率基本上可以与零画等号。她对他的所谓"好感"，更多的应该叫作"不讨厌，还能聊聊"，而她答应出来一起吃饭，有可能不过是证明了自己如有饭局是可以去的，也许有人还在约。

这是心理上的一种满足感。即便他们一起吃饭是AA制也无所谓。

男生不能理解，为什么自己送早饭反而被删好友。我觉得很好解释，因为你们之前的好感是非常浅薄的，仅仅是觉得不讨厌，你这种送早饭的行为却是实实在在让她觉得尴尬和厌烦了。

"可是有的女生在没有确定关系之前是不会收对方礼物的

啊！"男生向我辩解道。

　　假定男生送的这顿早饭是一顿正常的早饭，没有松茸、鹅肝酱、鱼子酱等等这些价格离奇昂贵的食物，而且价格控制在二十块钱左右的话（其实二十块钱的早饭可以吃得挺不错了），一个对你有基础好感的女生是不会拒绝到转脸删除好友的地步。一个普通女生（拜金女除外），对于一份价格不是太离谱的礼物的接受行为，取决于她对那个男生的好感度。如果她喜欢你，对你有好感，甚至只是一般的好朋友也无妨，你送一份东西她是会接受的，尽管有点儿不好意思。如果仅仅是普通朋友，女生一般不会接受，一旦她接受了，她会寻机还礼。如果那个男生很招人烦，女生则会直接拒绝，或者转手扔掉，然后再也不想和这个男生联系。

　　追求一个人的时候，行为的大忌是想太多。对方冲你笑，你就觉得她对你有意思；对方借了一本笔记给你，你就觉得她对你有意思。可能是她见你今天裤子拉链没拉好；也可能是她看到你没通过考试，出于怜悯而施善心。因此，不是所有的行为都能和"喜欢你"画上等号的，这种行为并不能称作暧昧。现在是一个很开放的社会，异性之间也有许多很平淡的交流，但是总有人会把普通的一句问好当成"哇！她来招呼我了，是不是她喜欢我"。

　　暧昧是什么？暧昧是超越了友谊，对你有一种莫名其妙的关心；是当你与一个乱七八糟的异性说句话时，她做出吃醋状，刻意地撒娇卖萌；是你可以明显感觉到对方想要掌控你，欲吸引你对她发生恋爱型好感的意图。如果她没有那种意图，只是对你用正常语气说话，而你在此过程中对她产生了追求的冲动，想跟她暧昧，单恋她，那个不是暧昧。

我见过最恶心的例子，是两同班同学，女生明明没有对那个男生有所暧昧，而男生却误以为女生有意，便傻乎乎地表白，被拒绝之后还到处去报复对方，把那个姑娘说得跟一个备胎收集器一样，这男生已经不是脑子有问题了，简直是人品都有问题。

当然，并不是只有男生会想太多，女生也会想太多。我们见过许多人在追求别人的道路上前仆后继。想太多，是一个心态的问题。而想太多的原因之一，是自己生活得不够充实，太过寂寞，没有双方交流，尤其是和异性交流的时候心态没有放在一个正确的位置上，操之过急，最后反而招人讨厌。当然，也有简单的说法——傻！

不知道为什么，行文至最后，我脑海里突然蹦出了之前看的《撒娇女王》里面的一句台词："是谁告诉你的，我想你的意思就是我爱你？"

## 就当我嫌他瘦吧

.

不知道从什么时候开始，"吃货"就成了大江南北的姑娘们用来装点自己的一个褒义词。其含义之大，已经将可爱、善良、单纯、没心机等一系列优点通通包含在内，简直就是一词顶上一万词。许多妹子喜欢将佳人美食拢在一起拍成照片，巧笑倩兮，美目盼兮，说的已经不是食物，而是食物旁的美人。你只见过拿着小勺轻轻挖着蛋糕的姑娘，又何曾见过妹子上传的照片是她捧着一碗大肠面在大快朵颐。

C小姐对于这种标榜为吃货的姑娘向来是不屑的。在她的概念里，作为一个实实在在的吃货，不仅要爱吃，更是要能吃。对于佳肴的浪费，不管什么原因，都是一种罪孽。

C小姐不是美女，但还有一张尚且说得上可爱的脸，眼睛够大，嘴巴够小，笑起来喜欢皱鼻子。最关键的是，不知道是不是这么多年吃够了红烧肉里厚厚的一层肥肉，她的皮肤够白够润。

不过，有句话说得好，一白遮百丑，一胖毁所有。C小姐一米六的身高，据她自己说体重一百三十斤。不管怎么看都是肉乎乎、圆滚滚的，任何淘宝卖家鼓吹的显瘦的衣服在她身上都像死对头。

美食与身材，从来不可兼得。

C小姐从来没谈过恋爱。

高中时代，她喜欢上了高高瘦瘦的A先生。C小姐因为矮，坐在第一排，而A先生坐在最后一排。C小姐总是找借口去找A先生的女同桌发展友谊，借机获得和A先生交流几句的机会。日子就这么不咸不淡地过去了，就像学校食堂永远都不会变的煮白菜。

暗恋和煮白菜一样的高中生活把C小姐折磨得想死。突然有一天，不知道是不是食堂师傅手一抖，午餐时候的煮白菜变得意外地咸。C小姐觉得这煮咸的白菜暗示着改变的到来，于是她决定在那天告白。


遇到A先生的时候，C小姐没有勇气说出"我喜欢你"这四个字。而是问他，他喜欢什么样的姑娘。A先生眯缝着眼睛想了想：女性，长头发，瘦瘦的，爱看书。C小姐想了想自己除了女性这一条之外没有哪一条是合适的。

C小姐短发且胖，不喜欢看书只喜欢电视剧。虽然"我喜欢你"这四个字还没有说出口，但是她心里知道她已经被A先生三振出局了。所谓无疾而终，大概如此。

　　毕业后，C小姐和A先生去了不同的大学读着不同的专业，听闻A先生"乱花渐欲迷人眼"，C小姐安静地笑笑过着自己的生活。A先生依旧是她的梦，可她逃不开蜂蜜厚吐司配冰激凌的温柔陷阱，也离不开糖醋排骨、红烧大排、咖喱鸡腿的"交响曲"。她还是短发滚圆，经常自嘲着无聊的时候，好歹还可以捏捏肚子上的肉。

　　C小姐和A先生偶尔会在QQ上聊几句各自的生活，A先生有时候会说自己换了女朋友，同时还征询C小姐的意见。有人来有人走，但是没有人在A先生身边长久。C小姐有时候和A先生说说吃食，也评评他身边的姑娘。A先生总说自己并不爱那些姑娘，她们都是他的理想型的那种，有着瘦瘦的身形，长长的黑发，却走不到他想要的未来。

　　直到《失恋33天》上映时候的那个光棍节。

　　"在吗？"A先生问C小姐。

　　"在，怎么啦？"C小姐问。

　　"有空吗？请你吃饭。"A先生说。

一刹那，C小姐的心情像是一个饥肠辘辘的人突然有了一块刚出炉的蓝带芝士猪排，一口咬下去脑袋里繁花灿烂。她高兴地在衣橱里找出了那件让她看起来最瘦的连衣裙，还拜托室友给她化了妆。

　　A先生还是高高瘦瘦的，还是有着一张干干净净的脸。
　　A先生告诉C小姐，其实他发现他喜欢了她许多年。
　　他说他身边来来去去了那么多的姑娘，他真的很累，他想要安稳的生活。他说他不知道什么时候开始会一直想着C小姐有没有吃到好吃的东西。他喜欢C小姐的简单，喜欢C小姐的纯真，喜欢C小姐容易满足和快乐。那么努力拼搏、奋发上进的A先生，喜欢和C小姐聊天时候的悠闲和不设防。

　　如果你喜欢的人也恰好喜欢你，可能是世界上最好的事情。
　　C小姐喜欢A先生，A先生也喜欢C小姐，在一起吧，皆大欢喜。
　　故事如果就这么简单地结尾的话那就好了，我也不必写下去了，从手机充满电写到电力不足。

　　C小姐拒绝了A先生。

那么多年了，C小姐比任何人，当然也比A先生更明白他们不能在一起。A先生有那么多够高够远的梦，有那么多的不放弃和追求。这些梦和追求不是他一句想要安稳就可以停歇的。C小姐或许是A先生想要停歇的时候的加油站，但是成不了他的港湾。她只想要安稳平淡的一生，每天有很多好吃的，有蛋挞，有奶茶，有早上的黄油煎吐司夹着荷包蛋，有晚上暖暖的炖得雪白的鲫鱼汤。这对她来说就足够了。

　　他们没有一样的或类似的梦想。C小姐不愿意改变自己的追求，不愿意忘记自己的平淡。她也不愿意让A先生为了她而去做一个庸庸碌碌的人。

　　所以只有祝福。

　　有人说C小姐不是真的爱A先生。因为爱一个人就该为对方牺牲一切。可是谁又知道真正的爱情是什么样子？或许对他来说爱是牺牲，而对她来说爱是放手。于C小姐而言，爱是成全A先生和她自己，去做自己想做的人。

　　后来，再有人问起C小姐为什么拒绝A先生，C小姐捧着刚出炉的芒果面包说，就当我嫌他瘦吧。

　　而我们都知道，芒果面包，那是A先生最喜欢的食物啊。

# 花心是件可怜事

　　小时候，我很热爱"浪子"这个形象，例如胡铁花，例如陆小凤。因为爱他们的人趋之若鹜，他们的故事浪漫又传奇。长大了以后，我发现我看书不再专注于那个形象，而是更多地回到了故事的情节之上。这种改变或许一方面意味着人总是要不断成熟；另一方面却也说明由于年长而渴望平静。

　　记得以前看过的一本书，说到《红楼梦》的结局是宝玉出家，披一身大红色的斗篷，站在白皑皑的船头上。当时我想，这个场景真的是诗意得不能再诗意，如今我却会想，可是那然后呢？他又将去向何方？

　　一直在追求诗意，是否最后注定失意。一直在追求不断的爱人，最后是否也是一种不幸。

　　我以前很羡慕身边的几个朋友，总是可以不停地换着女朋友或者男朋友。他们倒也不一定有多么漂亮或者多么帅气，但是总是不乏有人爱。当一段时间没见他们，再问起他们便是："你家那个还好吗？"之前，总要问一句："你现在还和那谁在一起吧？"生怕对方换了对象自己不知而给彼此造成尴尬。

现在想想自己，当初真是太年轻。

当单身了很久，终于有那么一天你开始恋爱了，你觉得很兴奋，很开心。你想要做很多事，去告诉别人你们在一起了；你想要做许多事，说明你们的感情是多么好。你开始迫不及待地畅想未来，你的小孩要叫什么名字，你们的家要有什么样的装修和布局，突然间，"啪"的一声，就像断电一样，你失恋了。

整个世界就像断电一样暗掉了。

你最难过的，其实不是因为分手，而是你所有恩爱的设想都变成了泡影。每个人在那个时候，都要给自己一个说法，但是不是每个人都能给出一个成功的说法。一场失败但又刻骨铭心的恋爱，要么让你作茧自缚，要么让你破茧成蝶。作茧自缚的，除了走不出来的人，也多了一些开始娱乐红尘的人。事实上，你觉得你游戏红尘，而往往是你被红尘游戏。

你以为自己"万花丛中过，片草不沾身"很牛，可是那又有什么可以羡慕的呢？有本事你能将一段恋爱进行到底啊！换对象有什么羡慕的？有本事你不换啊！以后的日子里，不管和谁在一起，你都要开始不断畅想未来。渐渐地，你的话语里子孙满堂，渐渐地，你的房子从古典中国风到巴洛克风到哥特风。

你的看客们看见你和一个为你能献出一切的有情人秀恩爱时，都会说："哇，你们好般配哟！哇，好羡慕哟！"

这是什么好事情吗？就算你搞定了一个又一个对象又怎么样，你始终就是一个不停循环的悲剧。就像我玩Temple Run（《神庙逃亡》游戏）的时候老是会死掉，虽然金币还是攒了不少，但是跑的一直都是初级阶段。真的有意思吗？

别傻了，每次你都说是真爱，每次你都免不了失败。爱无能比性无能更可怕。一场好的恋爱，无论最后的结局怎么样，总是可以让人学到一点改变的，那种改变不是什么愚蠢性质的，而是让人意识到自己身上的不足。如果你无法意识到自己在那么多次恋爱中失败的原因，那么你只会一直失败下去；如果你不去尝试着改变自己那些让人讨厌的缺点，你只会一直被人厌烦。

热恋期间谁会长眼？到最后不过就是几个月的故事。那种一过了热恋期就分手的恋爱，和一夜情又有什么差别呢？其实花心是件可怜的事情，因为一直没有找到想爱的那个人，也一直没有勇气去真心实意地付出一段感情，才用花心在人群中穿梭，自以为可以避免伤害。可是到了夜深人静的时候，自己心里的空虚，却比谁都要清醒地提醒着自己多么可悲。

"愿得一人心，白首不相离"这种话，真的是很俗套的。但是谁又可以否认这不是最幸福的那种生活模式？所谓幸福，不过就是那首歌里唱的那样：

世界纷纷扰扰喧喧闹闹　什么是真实

为你跌跌撞撞傻傻笑笑　买一杯果汁

就算庸庸碌碌匆匆忙忙　活过一辈子

也要分分秒秒年年日日　全心守护你

最小的事

# 其实你知道啊，她不爱你

后来，我们都知道，感情是不能强求的，不是你付出了多少，就能换回来多少。

后来，我们都明白，对于有些人来说，哪怕你对其用尽心思，但是对方说不爱你，就是真的不爱你。

我突然醒悟，很久以前，那一句"一个人爱不爱你，你是感觉得到的"是多么的有道理。

并不是说一个人每天问你吃饭了没，叮嘱你快去睡觉吧，就真的是在关心你。

要知道她不爱你才舍得暧昧，要知道她不爱你才没有愿望去拥有你。

什么是关心，什么是爱，什么是在意。没有什么标准，不过是一种感觉，只有你才知道。

其实你知道啊，她不爱你。

我们都明白，很多话，你劝得了别人，却劝不了自己。

其实你在劝别人的时候，你都明白，那些话原本就是不管用的。那些台词你念过几遍，可是念给自己听，真假。

就像港剧里那句"哎，你饿不饿，我去给你下碗面。"假如一个人，说了或许能打动你，可好多人都这么说，就成了闹剧。

如果一个人，你哪怕再爱，可是他不爱你，你又有什么办法呢？


朋友们对你说，放了吧，忘了吧，将来会有一个人真的爱你，对你好的。

可是你在背地里笑着问自己，到时候的那个人，你真的也爱吗？

天天晚上你所想的，每次喝醉了以后你所喊的，不都是那么一个名字。

然后你那么多的努力，又能换什么呢？如果她真的被你打动，那不过只是感动。

可是感动，怎么能和爱相提并论呢？


我从不相信什么世界上最让人难过的不是你爱的人不爱你，而是爱了你很多年的人转身离去。

那个爱了你很多年的人，最痛苦的，同样是她所爱的人不爱她。她会难过，她会失望。

如果你真的为了这个人的转身离去而难过，那你为什么不给她她想要的？因为你知道，你给不了。

她会难过的是没有人再为她守候，难过的是不再有人一门心思不管不顾地付出。

那个还在等待的傻瓜，你知道不知道，从一开始，你就注定等不到？

你一个人拼尽力气，如此星辰如此夜，你为谁风露立中宵？一个人，如何做得了两个人的事情。


后来我们都会明白，人生里不是只有爱情的；后来我们都会明白，爱情是一种奢侈而昂贵的东西。

如果遇到一个你爱也爱你的人，是一辈子的幸运。可是，我们的人生，往往愿非所得，得非所愿。

如果你爱的人不爱你，不要刻意去忘记她，把她留在你的记忆里，可是，请排除于你的生活里。


最后的最后，我们都不要忘了最初的最初，你曾爱过一个人。

你也曾心甘情愿，你也曾遍体鳞伤，你也见过她的心安理得，你也明白她不爱你。

后来，我们垂垂老矣，所看到的，不过是我们未曾辜负过"爱"这个字，仅此而已。

# 你感动的只是你自己

记得很久以前，有人说，人的一辈子总会经历两种恋爱。一种是你爱的人不爱你；另一种，是爱你的人你不爱。我们有时候都会显得很愚蠢，去疯狂地固执地爱一个不爱自己的人。还常常以为，自己付出得够多了，自己已经卑微到尘埃里了，可那个人却仍未被自己感动。

后来才明白，我们感动的不过是自己而已。

你每天都会坚持去问他吃饭了吗？你常常嘱咐他天冷了要多穿衣服，记得早点儿睡觉。可他却不回复你，或者仅仅回复一个"哦"字。那么，他这样做是真的把你放在他的生活里了吗？你告诉你所有的朋友和家人你爱他，可是他却并没有打算告诉他的朋友和他的家人你的存在。他和别的异性调笑、暧昧、互相关心，你向他提出抗议，而他只是怪你吃醋。那么，他真的把你放在他的未来里了吗?

你找遍了关于爱情的文字，你分享、你传图、你写日志、你每天都盯着来访者。如果他不曾来访，那么在你心里，你的一切所为都是没有意义的。你对他无私奉献，他对你斤斤计较。在你心里他万般好，在他眼里你怎么都是错。

你很累，你很难过，可是你说，他是爱你的，爱之深才会责之切。

你就像那只把所有的糖果都给了小老虎的小白兔，你只知道他喜欢吃糖，就把你所有的糖都给了他。他却没有还给你一点儿冰激凌。妈妈问你，为什么小老虎没有请你吃冰激凌呢? 你说，我不喜欢吃冰激凌。

你告诉自己，没有他的关心也不要紧，他不喜欢发短信、不喜欢打电话、不喜欢聊天，那是他的个性，不是他不爱我。

你呀，你呀，你总是在自己欺骗自己。可是再怎么骗自己，最终还是有真相被戳穿的那一天。

你把他当成了全世界，倾尽你的所有要去保护他; 他把你当成了调味品，无聊的时候才会想起你。顶着恋爱的名义，却做着和备胎差不多的事情。爱若卑微，那就算了。

你也有一天受不了，你也有一天问自己，要不，算了吧，分手吧。其实你记得每一次他给你的心凉，你记得他每一次挣脱你的手时你的失望。你一边哭，一边往变质的蛋糕上撒着糖霜，假装幸福地吃下去，还要告诉别人，味道真好。

变质的蛋糕吃多了，肠胃会受不了的。变质的爱情谈多了，心会受不了的。

你最后还在坚持，还在期待有一天奇迹会发生。但是你心里隐隐怀疑，自己或许等不到那一天。其实，当你开始考虑要不要分手的时候，你的心已经开始放弃这段感情了。你爱得太卑微，你爱得太可怜，而爱，本来是不该这么可怜的。你的"我爱你"等了太久"我也爱你"，终于，你也等不下去了。

你说，你怕以后没有了他会不习惯。可走到了这个地步，坚持又何尝不是一种悲哀？！当初你怎么从不习惯到习惯，那么最后还会照样从习惯变回不习惯。你会遇到那么一个人的，你感动他，他也感动你。但是你也懂了，你们在一起，不是为了彼此感动，而是为了彼此相爱。

小老虎最后会记得小白兔吗？

永远，永远，都不会。

# 就请让我，做最爱你的朋友

　　在七月中旬"五月天"来上海开演唱会的时候，我和一个老朋友聊天，他也是忠实的"五迷"。在聊到各自最喜欢的歌曲时，我说我最喜欢的歌是我现在的手机铃声《温柔》。没想到他却说，你不觉得《温柔》是彻头彻尾的暗恋之歌吗？"没有关系，你的世界就让你拥有，不打扰，是我的温柔。"

　　很久以前，陪妈妈看东方卫视的《中国达人秀》时，对一个中年民谣乐队印象特别深，乐队的几个大叔和一个阿姨是多年以来的好朋友。他们当时唱了什么我已经忘记了。不过我还记得，伊能静问其中一个团长一样的大叔，这么多年以后重新回到舞台，最想说的是什么。团长大叔认真地说，我很想告诉她，我这辈子最后悔的事情，就是当年没有勇气告诉她我喜欢她，没有娶了她，害她吃了那么多的苦。

阿姨"唰"的一下眼泪就下来了，团长大叔扶着她，两个人又哭又笑的。可是时间是再也回不去了，他们就这样因为没有在一起而遗憾着。可是，如果他们当初在一起，也许，现在也已经是分开的结局了。这一辈子，至少他们还能相互陪伴，一起唱歌，大概这也算是一种缘分，一种获得吧。

下面这篇文字，是受人之托，记录的是朋友的故事。

女孩和男孩的相识有点儿戏剧色彩，女孩开了一家淘宝店，男孩买东西的时候，两个人相识了，他们惊讶地发现原来两个人的学校近在咫尺。店主姑娘和顾客先生聊着聊着觉得颇为投缘，就从阿里旺旺聊到了腾讯QQ，又加了人人网的好友，微博也互相关注，随着现代网络社交关系的建立，两个人渐渐熟悉，友谊值噌噌往上蹿。

玩过经典游戏《模拟人生》的人应该都知道，在友谊值到达较高指数的时候，一句略带暧昧色彩的话就足以在头顶上升起一个桃心。顾客先生的一句"晚安"，能让店主姑娘一个晚上都辗转反侧睡不着，她发现自己居然在不知不觉中喜欢上了那个瘦瘦白白、戴着框架眼镜的毒舌顾客。

在纠结和煎熬中过了好几天的店主姑娘终于下定决心表白，不过令人悲伤的是，这并不是一个快乐的结局。顾客先生很真诚地对店主姑娘说，对不起，我一直只把你当朋友。店主姑娘很郁闷，过了几天，她又一次偷偷向顾客先生进行暗示，可还是被精明的顾客先生一眼识破，以惨败告终。店主姑娘没有勇气像一些姑娘那样，不达目的誓不罢休。

她只是默默地接受了这个事实，她明白，这个世界，并不是所有的东西都能强求的。

我曾经问过别人，如果你喜欢一个人却被拒绝了怎么办。有的人告诉我，自己会远远躲开，生怕以后见了面会觉得尴尬。有的人说，自己会很恨对方。还有的人却告诉我，自己会选择去做那个人的朋友，以朋友的名义继续关心那个人。

突然想到以前的一句话——你该如何区别爱和喜欢呢？这么说吧，一种是你喜欢一朵花，你会摘下它；另一种是你爱一朵花，你却会爱惜它，每天给它浇水，就像小王子对玫瑰那样。那种因为不能在一起而诅咒、而愤恨、而产生种种负面情绪的人，充其量不过是最浅层的喜欢罢了。

其实，《温柔》唱的，并不是一个暗恋的故事，而是一个关于爱的故事。

如果你不愿意接受我，没关系，那么你的世界就让你自己拥有。如果不能和你在一起，就请让我，做最爱你的朋友。

# 因为我不喜欢你

最近有位一起玩《魔兽世界》游戏的小哥在QQ上给我发消息，说他准备了礼物给我。我说，啊哈？没过多久，他发了一张照片给我，是一大束手工折的川崎玫瑰。

我说谢谢！但是我不能收。他问我为什么，我说，因为我不喜欢你。他说，那我只好扔了。我说，你可以卖给收废纸的，还能换点儿钱。说完以后，我火速下线装死，后来发现他在QQ上发了一长串的"我靠"。

我见过许多姑娘，她们或许并不喜欢自己的男朋友，和他们在一起的理由无非是他当初为我做了那么多，所以我被感动了或者觉得不好意思就答应他了。在一起以后却发现感动就是感动，并没有转化成爱情。不喜欢依旧是不喜欢，所以争吵不断。双方都感觉很痛苦，男生会觉得很委屈：明明我对你那么好了你为什么还要这么对我？而姑娘则总会在"我是不是真的喜欢他"这个问题里挣扎。最后的结果难免是以分手告终。

姑娘都有虚荣心，谁不喜欢被人追？谁不喜欢有人关心有人陪？谁不想下雨天走出教学楼有人撑着伞在等待？谁不想生病了有人跑前跑后买药送粥？所以她们不懂得拒绝，甚至也不舍得拒绝。最后把自己搞得进退两难，说句难听的话，这也是属于自作自受，不作死，就不会死。

我想有的姑娘会觉得这些小恩小惠并不算什么，因为并不伤筋动骨。那么我们放大一些来看，七夕节和圣诞节的礼物，他送的手机，他给你买的进口零食、请你吃的饭……当这些小恩小惠逐渐加码，不知不觉你就会发现你欠下了一笔巨大的人情债。

如果你不喜欢一个人，他若给你买药你就还他钱，他若给你打伞你就买瓶饮料给他还人情，他若叫你吃饭就找借口别去，实在推不掉就坚持AA制。

欠多了人情最后会觉得不好意思的姑娘，大多还是心地善良的，可是真正的善良不是妥协，而是明白自己要的究竟是什么，如果不喜欢别人，就别给别人半点儿希望。

女神和女婊，也就一步之遥。

# 你误以为那就是爱情

这个世界上，存在着这样一类男生。

他们不会像高富帅那样偶尔流露出一丝惹人厌的轻浮，更不会像某些人那样面容猥琐。

他们不一定很富有，但是大多是家境小康。他们在自己生活的圈子里都有着一定的知名度，不会默默无闻。

他们长得不算差，打扮得干干净净，或许穿不上CK，但也绝对不会是阿迪王。他们绝不会好几天都不洗澡、不刷牙。

他们似乎和身边所有的女生关系都不错，是从不会招人讨厌的那一类。

他们不缺喜欢自己的姑娘，他们恋爱过，也有明确喜欢的类型。

这些男生，或许现在还是单身，但是只要他们愿意，他们便很快能找准目标，开始一段恋爱。

我见过无数的姑娘，栽倒在这类男生的手上。

他们或许各有所长，有的博学，有的幽默，有的豪爽，但是都有一个共同的特点——他们很温暖。

可能他们是你的同学，或者像是大哥哥一样照顾着你，他们会叫你傻瓜笨蛋，会让你早点儿睡觉。在你感到寂寞想要恋爱的时候，以一个朋友的角色来到你的身边。

他们对你亲切问候，记得你重要的考试日期，会特意发短信为你加油。

他们会天天来弹你的窗找你聊天，虽然无非是一些生活琐事，但是让你觉得很亲切很愉快。

甚至久而久之，你开始期待甚至盼望他们每天出现。

这个时候，有些姑娘会想：他不错哟。或者，他天天来找我，是不是对我有好感？

可惜这个假设本身就是一个无底洞，会让你爬不上来的，一旦落下去就很难有翻身的机会。

别傻了。也许对于他们来说，这只是一个习惯，或者一种本能而已。

习惯了对周围出现的每个异性说亲切的话，这和习惯了与人为善，并没有多大的差别。

他们对你，至多可以判断出是不讨厌，或者多一些，愿意交你这个朋友而已。

女生多心、多思、多念想，便往往一头钻进去爬不出来。


一个人开始自怨自艾，开始默默喜欢上那个男生。甚至即便一开始并无好感，也会渐渐开始培养。

因为你已经离不开他了。你习惯了他的问候，你习惯了有一个人对你有好感的设想。

他给的温暖并不是一种错，错的是你胡思乱想，你给自己设了个陷阱，然后，你便越陷越深。

细细想想，在缺爱、缺关心的时候，你往往分不清自己的感觉。

不如问问自己，你爱上的，究竟是这个人。还是说，你爱上的，只是被关心的感觉。


可能是因为一个人独自生活太久，一个人坚强太久，如有一丝阳光，便恨不得融化自己所有的坚冰。

就像是一个非常口渴的人，好不容易见到水源，恨不得喝尽每一滴。可是你怎么知道，这样的喝法会不会害死自己？

你开始为了他的每句话揣测推断，别的女生若是和他多聊几句，你就对那姑娘存有戒心。

　　我想让你知道，如果一个人真的爱你，他一定会告诉你，而不会使用让你胡乱猜测的暧昧语气。


　　和这类男生相处，本身就是一件很舒服的事。我只希望你给自己留一点儿可进退的余地，不要让自己后悔莫及。

　　你因为一个人的习惯，搭上了自己的一片真心。我不怪你看不透，只是因为你太需要爱。

　　只可惜，他身上的温暖蛊惑了你，让你误以为那就是爱情。

PART

能够和你在一起，

我很高兴

## 谢谢你陪我这些天

我的姑娘，曾经谈过一次恋爱。

她很喜欢那个男孩，满脑子都是不切实际的幻想。想以后的孩子叫什么名字，想要怎么布置将来的房间。那个男孩很瘦，也很穷，就像所有那个年纪的男孩一样，有着旺盛的梦想、旺盛的激素。男孩羞涩地说，我现在没有钱，没有办法让你过上好日子。姑娘抱着他，拍着自己的胸脯大大咧咧地说："没事，有我呢！我们一起挣。"

有一天晚上，他们手牵手路过了街边的小吃店。

"我肚子饿了。"男孩说。姑娘买了一份锅贴给他，放在了男孩的面前，笑吟吟地看着他吃。

"你不吃吗？"男孩问她。

"不吃，我不饿。"姑娘笑嘻嘻的，手却不由自主地摸了摸只剩五块钱的口袋。这五块钱，是姑娘接下来一周的生活费。她不好意思开口问家里要钱，就买了一袋面包放在宿舍，每天吃一片。别人问起来的时候，姑娘搪塞说自己在减肥。

　　他们后来吵架了，发生争执，为了小事，也为了一些注定难堪的梦想。姑娘知道，那些梦想很难实现，但是她愿意去相信，因为是他的梦想啊。朋友对姑娘说，看不出那个男孩有多好。姑娘却很认真地说："有些人看不到哪里好，却是谁也替代不了的。"


　　后来，他们在一家麦当劳分手的时候，男孩给姑娘买了一杯果汁。这是他们在一起那么久，他为她买的唯一一样东西。他喜欢上了别的女孩，他说他依旧没有钱。他说他给不了姑娘想要的生活。他说对不起，再见。

　　"这世上什么爱情都会变，谢谢你陪我这些天，以后别再被别人骗。"


　　后来，姑娘遇到了一个人，一个很爱她的人。对方很照顾她，可是姑娘知道，她只是感动，她心里没有感觉。姑娘对他也很好，却只是一种回报，就像欠了钱在还钱。有一天，姑娘带着他走过那条街，街边的那家锅贴店还开着。

"我饿了。"姑娘说。

"我去买。"他让姑娘坐下，买了锅贴、牛肉汤、辣酱面，又像变魔术一样从口袋里掏出了布丁放在姑娘的面前。看着满满一桌的吃食，姑娘突然鼻子有点儿酸。他坐在她面前，认真地看着她的眼睛说："我可以允许你心里有别人，只要你记得现在是我在你的身边。"

姑娘摇摇头说："谢谢你，我的心里没有别人。"

没有那个男孩，却也没有他。一片荒芜，所以才显得乱七八糟。


因为他的包容，他们磕磕碰碰地走过了好几年。有一次，姑娘看上了一件很贵的首饰，是条细细小小的手链。她走过那个橱窗很多次，看到手链都会不由自主地笑。他当下什么都没说，后来姑娘才知道，原来他为了一条链子，开始攒钱。

他们最后还是分开了，没有告别也没有怀念。走了许多许多的路，他们都累了。姑娘开始明白，自己再怎么努力，都无法爱上不爱的人。分开以后，他托人送给她一条链子，细细小小，比当初她看中的那条多了一个吊坠，轻轻按了一下，里面是他和她的照片。

这是姑娘两个还不掉的东西之一，另一样，是他付出的感情。

"谢谢你陪我这些天。"

以前有人对她说，人生总会遇到三个人，一个自己爱的；一个爱自己的；最后一个，是合适的。

姑娘的第三个他，和她一样有着自己的故事。姑娘没有问他，他也没有问姑娘。他们只是安静地相处，头靠着头一起窝在有阳光的角落看书。他们都曾在自己的泥泞里摸爬滚打，弄得一身尘土与伤痕，他们都曾在自己的世界里哭喊着长大，最后却微笑着走到了对方的身边。如果说什么算合适，那这大概就是。

不用迁就，不用勉强，只有你，有我，在一起。不去问未来，只是想这么走下去。我们所追求的安稳，无非灵魂安静，亦无非内心稳妥。

后来，她和第一个男孩一起吃过一顿饭，还是在麦当劳。他为自己买了套餐，她给自己买了橙汁。

"那条街上的锅贴店关门了。"他说。

她默然道："我知道。"

"我和她分手了。"他说。

"哦。"她喝了一口橙汁。

"以前我对不起你。"他说。

"没事。"

"你待会儿怎么走？"他问她。

"我男朋友来接我。"

"一路小心。"

"我会的。"

时光杀死了所有的从前，我们也没有必要再怀念。


这个秋天冷得有点儿早，她迎着寒风坐上了他开好了暖气的车。

"吃饱了吗？"男朋友问她。

"刚才不饿，你今天忙吗？"

"还好吧，还想吃什么不？"

"八十岁的时候，你还会不会想起我的脸？"她突然问。

"傻瓜，八十岁的时候，你还在我身边呀。"

# 和你在一起，我很高兴

A小姐遇上B先生的时候刚失恋没多久，而且还是最惨的那种——被劈腿。散伙儿这码事，对于先提的那人叫分手，对于被甩的那个叫失恋。从这个用词您就能读出来是谁先不要谁了。

A小姐能遇上B先生，是因为他是A小姐闺密的男朋友的朋友。闺密不忍心见A小姐过得灰头土脸，想给她介绍个男人，好让她意识到青春多可贵，且三条腿的蛤蟆虽不好找，可两条腿的男人遍地都是。四人晚餐发生在一家寿司店，A小姐对面坐着B先生，闺密的男朋友笑成了一朵花似的对A小姐说："B是我大学同学，现在在××公司做。"戴着大眼镜的A小姐抬头正好撞上了B先生温和得人畜无害的微笑，大脑一下子就短路了，所有的寒暄都卡壳成了一句小时候学的英语："Nice to meet you!"（很高兴认识你！）

B先生没忍住，噗的一声笑了。

晚餐以后，两个人互相留了手机号和QQ号。B先生很细致，和A小姐的聊天也透露出了一种从容不迫、温文尔雅的调儿。他还约A小姐吃了几次饭，看了几次电影。说实话，B先生口才不错，总能逗得A小姐开开心心。

那天，B先生约了A小姐看电影，A小姐在等B先生买票的时候，撞上了一对情侣——自己的冤家前男友C先生，他正牵着新女友也来看电影。三人见面难免有些尴尬，C先生正想打个招呼，新女友却一扯他的衣服，拽着他趾高气扬地走了。C先生离去的时候回头望了A小姐一眼，有点儿说不出的歉意。A小姐苦笑了一下。想到家里抽屉里一盒子的电影票根，曾经是她和C先生的见证，现在却都成了垃圾。她不知道该用怎么样的感慨万千来说明这些百转千回的细节，却也没有愤怒和伤感，只是单纯地觉得时间就这么过去了，这就是人生。

B先生买完票出来，发现A小姐正在目视远方发着呆。他笑着拍了一下她的脑袋，说道："看什么那么出神。"

A小姐收回了那些感慨的心思，平静地说："没事，看到前男友了。"

感谢A小姐的闺密，A小姐的故事B先生知道得不少。A小姐和C先生两人青梅竹马，都是彼此的初恋，大学时候好上的，谈了四年，临毕业两个人分手了，好像是男方找到个家里颇有背景的姑娘，为了前途就把A小姐给蹬了。你以为这种狗血的剧情只有小说里才有？错了，现实生活比小说狗血多了。平心而论，B先生挺喜欢A小姐的，当初A小姐那句"Nice to meet you"让他记住了这位看起来毛毛躁躁的姑娘，可是聊着聊着，他却发现A小姐是个安稳的姑娘，偶尔有点儿孩子气，却挺可爱。

B先生对A小姐挺心动的，却不知道A小姐怎么想，他试探了几次，却什么都看不出来。A小姐对他挺热情，但是B先生无法判断这是她的礼貌，还是她对他也有好感。他约A小姐出来，本来是想趁着这次机会表白的，可是看这情况，B先生也一下子不知道还该不该继续了。

"没事，电影快开场了，我们进去吧。"B先生拍了拍A小姐的肩，和她一起走进了电影院。

"我们在一起四年，差不多天天吵架。他对我有时候很好有时候很不好。我总是纠结要不要分手，却一次次对自己说算了。我开始不知道我是为了惯性在坚持，还是因为我还爱他。后来他告诉我他劈腿的时候，我意外地一下子轻松了，觉得终于解脱了。我没有勇气提分手，没有勇气说断就断，可是我过得很不高兴，到最后我都不明白我究竟在坚持什么，现在想起来，自己当初真是个傻子。"

A小姐在昏暗的电影院里，一字一字，说给B先生听。B先生什么都没说，只是轻轻搂住了A小姐的肩。

那天晚上，电影散场之后，B先生送A小姐回家，在A小姐住的小区门口，B先生还是决定表白，A小姐答应得很痛快。

B先生一直都没有问过A小姐为什么喜欢他，也没有和A小姐聊起C先生。有一次，他和A小姐旅游归来之后，给A小姐发了他拍的两个人的合照。

A小姐说："你知道吗？我和你在一起之后，每天都很快乐。"

B先生说："谢谢，你告诉了我我最想要的答案。"

其实感情能有多复杂？能有多少的曲折离奇、悲欢离合？我们花了那么久的时间去追去问，最后要的不过是一个最简单的答案。或许也会有矛盾，但是希望不要有争吵和伤心。或许未来也会有许多的困难，但是我们还都充满一起走下去的勇气。

和一个人在一起，如果他给你的能量是让你每天都能高兴地起床，每夜都能安心地入睡，做每一件事都充满了动力，对未来满怀期待，那你就没有爱错人。

最隽永的感情，永远都不是以爱的名义互相折磨，而是彼此陪伴，成为对方的阳光。

　　"和你在一起，我很高兴。"这就是最动听的情话了，没有之一。

# 愿你找到自己的小温暖

女神毛小毛谈恋爱了!

女神毛小毛恋爱了!

打下这行字的时候我不禁手一抖打成了"谈乱爱",其实恰到好处地反映了一众好友的心情,那么多高富帅的追求者,偏偏找了个只能说长得勉强算有人样的。好吧好吧,尽管我们都知道以貌取人不好,但是无法阻止我们在看到他和女神站在一起的时候,心中泛起那种微妙的违和感。

"这不是乱来嘛!"王三木在微信群感慨地说。

"说不定人有钱呢。"方圆满怀恶意地揣测了一下,还没等我们发话,马上又补充说,"当然我相信,我们的小毛不是这种人!"

"你们不要这么邪恶,说不定别人有长处呢?"我补充了一句。

"什么长处啊？"骆野装傻。

"长。"我默默地回了一句。

"滚！"他们三个同仇敌忾地对我说。


后来一天晚上，我跑到毛小毛的宿舍找她分享刚出炉的鲷鱼烧，宿舍里就她一个人在。我毫不客气地拖了一把椅子坐在她身边和她聊八卦。

"你们是怎么好上的呀？"我往毛小毛身边蹭蹭，一低头咬了一口她花生馅儿的鲷鱼烧。毛小毛想了一会儿，然后摇摇头，对我说："我也不知道我为什么喜欢他呀，喜欢就是喜欢了呀。"

女神的回答充满了哲学色彩，我简直都能编出一篇《爱不问因果》的文来。可是这种无招胜有招的回答怎么能对付我？于是，我开始问下一个问题："他先表白的？"

"嗯。"女神低头笑着吃自己的食物。

"你怎么会答应的？"我又问。

女神笑了笑说："因为我喜欢他啊。"

刹那间，我突然觉得自己问问题的方式好失败。

女神边吃边用目光往桌上扫了扫，我随着她的目光看过去，原来她看的是她的手表。

"小毛，这手表是？"我问她。

"是许哲送我的。"小毛淡淡地说。

　　许哲是女神毛小毛的初恋男友，一个帅气又多金的男生。许哲和我们都认识，但是不熟。毛小毛也曾带他来和我们几个一起在路边吃过烤串儿，可是许哲总是露出一股与民同乐的王子劲儿，大家都觉得颇不是滋味。吃完饭抢着埋单是好事，但是您能不能别露出一脸我们是你女朋友的穷酸亲戚的表情吗？在座的几位，谁都赶不上许哲有钱，可是也没谁境况差到吃烤串儿都要接济的地步。本来其乐融融的夜宵，总是会因为许哲的出现陷入奇怪的气氛中。

　　不过，心里不舒服归不舒服，这话谁都没往外露，毕竟还要顾及毛小毛同学的感受。那段时间，许哲一直带着毛小毛同学出入各种高档餐厅，毛小毛同学一开始也抢着埋了几次单，但后来发现许哲的品味实在是超出了她的经济负担能力。于是，毛小毛同学对许哲说："亲爱的，我们以后可以不吃那么贵的。"

　　许哲一把把她搂住，对她说："可是那些便宜馆子我吃不惯呀，宝贝。"

　　毛小毛被噎得说不出话来，只能苦笑。

　　平心而论，许哲对女神毛小毛还是很好的，吃好的买好的，情人节送了九十九朵玫瑰花，差点儿没把毛小毛的室友妒忌得眼珠子都掉下来。可是许哲太忙了，忙着参加各种家族企业之间的饭局，忙着请老师吃饭拉拢关系，忙着在学生组织里当一个成功的领袖，忙着做一切看起来"高层次"的事情。毛小毛同学，是他所有的繁忙事项中的最后一个选择。她很寂寞。

这世界上有一个万难的选择题，你要一个不能时常陪伴你的超人，还是要一个可以在你身边的普通人？也许你说，超人好啊，只要心在一起就可以了，可是时间久了，连毛小毛同学都不确定，她和许哲的心是不是还在一起了。

许哲在毛小毛生日，也是他们相恋一周年纪念日的那天，送给了她一块价值不菲的手表，虽然没有上五位数，但是对于我们这些人来说，也是一笔不小的数目了。那天晚上，许哲就匆匆露了一面，送完礼物，说是学生会那边还有些事要忙，连生日歌都没唱就走了。我们呆坐着，空气沉重得就像桌上的蛋糕。

"来来来小毛，我们吃蛋糕，我和骆野一块儿买的。"方圆想要打圆场。

"是啊，是啊，快先许个愿。"骆野说。

后来，这个生日聚会就这么草草地结束了。

再后来，毛小毛向许哲提出了分手。


"许哲回来找我了。"女神毛小毛的话打断了我乱七八糟的回忆，"他说还是觉得我好，还是喜欢我。"

"然后呢？"我问她。

"我拒绝他了，我告诉他我已经有男朋友了。我很喜欢我的男朋友，他对我也很好。许哲，再见。"毛小毛淡定地说。

她突然转过了头，看着我说："我觉得你当初说得很对，人要明白自己想要的是什么，我要的只是一个平平凡凡对我好的男生。我要的不是奢侈品、不是高档餐，我是不是很没志气？"

我默默拿下耳机，塞了一只给她："这一生只愿平凡快乐，谁说这样不伟大呢？"


是，我知道有人要说，贱人就是矫情！我知道也有人会觉得，有一个有钱又帅还能干的男朋友有什么不好的？那么我在这儿恭祝各位都能找到自己的超人男友，帅如莱昂纳多没变胖的时候，富如股神巴菲特老爷爷，脑子灵光、身体强健，人鱼线比人鱼的还多。

可是我家亲爱的毛小毛同学只是一个普普通通的小姑娘啊。她要的，也不过是一个普普通通的男朋友，不要那么好那么完美，只要能和她平平淡淡地相守一辈子，她就知足了。


女神毛小毛恋爱了，对象就是那位"普普通通"君。

他知道她胃不好，每天早上都在自己的宿舍里把牛奶热好，藏在衣服里给她带来。

毛小毛生病不肯吃药，他哄她说我陪你一起吃，然后喝下了苦苦的咳嗽药水。

他会在她考试的时候陪她复习，在她说冷的时候毫不犹豫地脱下自己的外套披在她的身上。

女神毛小毛写了一篇日志，他对我说，他能力有限，也许做不了我的大英雄，现在没有办法带我去吃大鱼大肉，但是他会努力。我感激他给我的每一个小温暖，我要的不多，小温暖，就足够了。


什么饮料喝多了都会腻，我们能做的不过是一杯平凡的白开水让你解渴；什么大鱼大肉吃多了都会不舒服，我们想做的，只是你肚子饿时的那碗白米饭。

这世界上的许多人，或许都很伟大，可以让你感动得流泪，领悟得流泪。

而我想做的，不过是一直让你高兴地笑罢了。

## 如果可以的话，就这样吧

很久之前，K先生与女友M小姐分手，大清早群发消息告知朋友，我们问他为什么，他不说。而大概时隔一年，在一次他人组织的通宵唱歌聚会中，两个人又一次相遇，众人神色暧昧、心怀鬼胎，看他们一个唱歌一个喝酒，都不言语。后来到了半夜，有的人撑不住回宿舍睡觉，有的人酒意上涌瘫倒在沙发上傻笑，还有的仍然在声嘶力竭地吼着《死了都要爱》，每个人都在自己的情绪里打滚儿，没有人注意到K先生和M小姐去了哪里。

我去厕所，出来的路上瞥见在走廊的转角处似有两点火光，仔细一看是K和M，M刚点起一根烟，被K劈手夺下按灭。M嘟囔了一句，似乎是"要你管"，打算又点一根。K一把抓过烟盒，扔进了垃圾桶。

我觉得有些尴尬，便往包房走，突然听到K带着醉意的大声说："给你，拿着，我一直留着。"而后就没了声音，也不知道他给了她什么。过了几天才知道，K给了M一张一百块的纸币。

　　那张纸币的尾号是M的生日，也是K生日时M给K的生日礼物。那时候两个人还在一起，那一百块钱纸币是个纪念品。他们分手之后，我们都以为K会把所有的纪念品都扔了，没想到还留着这个，一直放在钱包里。或许是因为被遗忘了，也或许，我们都猜不到。

　　哦，对了，终于知道了他们分手的原因，是M对K说："毕业的时候我们去领证吧。"而K却觉得自己没有准备好，一直都没答应。后来M又提了几次这个话题，K都含糊其词地敷衍过去。"大概M觉得我爱她不够深吧。"K苦笑着说。在一次吵架中，不知道是谁赌气地说了一句分手，几年的感情，就这么无疾而终。

　　忽然想到那天晚上听到的最后一句，是M说的："已经不是那张纸币了。"可能，纸币还是那张纸币，不过人不再是那个人了。


　　最近听说过的另一个分手故事，也和结婚有关。某位硕士刚毕业的美女学姐，与男友已经在一起很久。当两个人还在一起的时候，学姐临近毕业，觉得自己二十五岁了，已经到了适婚年纪，而且家里又催着结婚，便试探性地问男友这事。男友却觉得，自己的事业还不够稳定，想再缓几年。

学姐家里催得紧，每次周末回家吃饭，父母都不免询问起婚姻大事。学姐颇有压力，只好找男友再念叨这事。男友笑笑，也不作答。说得多了，也就烦了。时间一久，学姐渐渐对男友有些失望，争吵也多了起来，后来就分了手。

之后家里给学姐介绍了一个条件颇为适合的男生，一来二去，约莫相处了一年的时间，便传来了要结婚的消息。

学姐的结婚对象，论条件而言，与她的前男友也不过打了个平手罢了。赢得美人归的原因，不外乎他在她想要一个稳定的家的时候，给了她一个契机而已。


而很久之前看过一个女博士写的文，记录了与男友十年长跑，最后分开的原因，不过是她想嫁的时候，他却一时还没有准备娶的打算，而她离开之后，他意识到了她的重要，她却已经不愿再回头了。很老套的故事，她所叙述的也不过是我们一直都在犯的错误罢了。

曾经也有男生给我写邮件，抱怨自己的女朋友不懂他"想为两个人创造更好的条件"的意愿，越想越觉得女友不够体谅自己。一对情侣往往如果都想过要和对方在一起，男生想的大多是"我要多挣点儿钱，我要给她好的生活"，而女生想的则是"差不多年纪了，可以结婚了，物质生活两个人一起打造"。

两个人都是爱，而唯一的差别只是时间的早晚。而有时候，最令人遗憾的是错过了那个时间点，也就错过了对方。

体谅这件事，从来都是相互的。结婚与恋爱的关系，亦从来不过是水到渠成。我一直觉得，当一个女生真心实意地想和你在一起，想与你走过余下的大半生，那她是真的爱你。物质这种东西，永远可以再创造，而心情、心态甚至于爱，错过之后就很难找回来了。

最近看过的最耐人寻味的一句话，是某女神说的："听说你有男朋友了？打算什么时候分手啊？"

"这次不分手了，如果可以的话，就这样吧。"

对于大多数能与你走过多年感情之路的女生而言，她们要的，并非是有车有房，而是你能给她的一个承诺——在她渴望安稳的时候，让她不再颠沛流离。

## 我想说的是，我很想你

　　大一时候的社团活动，和M小姐还有几个社团的同好一起去爬山。那天下雨，山路坎坷，我们背着塞着帐篷的沉重行李，一路上谁都不想说话，只是跟着向导沉默地向前走，心里默念着快点儿到住宿的地方。3月的雨打在脸上有一种沉闷的寒意，手脚冻得冰凉，吃光了口袋里的巧克力也不能增添一丝暖意。

　　爬了四个小时到了深山的住家，唯一的荤菜是需要近二十个人分享的半只瘦骨嶙峋的鸡，中国移动的信号令人绝望，唯一可以与外界联系的，只有住家一部经常断线、时好时坏的红色塑料座机。学长想用洗衣机甩干已经被打湿的棉衣，没想到机器坏了，微湿的棉衣被洗了个透，怎么挤都挤不干。夜晚的山里，每个人都冻得发抖，挤在一间小屋子里打"三国杀"。

　　那晚，M小姐一直坐在电话机边，不参与任何活动，只是拿着电话想要尝试和外界联系。我坐在她的身边，百无聊赖地玩着手机游戏。突然看到M小姐一下子坐直了，一脸期待地紧紧握着话筒。

"喂？"她对着电话里的人说，"嗯，我在山里呢，你好吗……哦，你先忙，我没事，拜拜！"

M小姐努力了近两个小时，才拨通了这个电话，却只说了三句话，总计不到一分钟。她放下电话，一脸疲惫地冲我微笑。我不知道说什么，摸了摸她的头发。

"你男朋友？"我问她。

她抿着嘴笑了笑："是。"

当天晚上，我和M小姐住在一个帐篷里，帐篷搭在冰凉的水泥汀地上，薄薄的防潮垫和住家那10元出租一晚的薄被抵御不了刺骨的寒意。我辗转反侧，难以入眠，但又怕打扰了M小姐，只好望着帐篷顶发呆。她因为冷，在我身旁蜷缩成了一团，一阵压抑的抽泣让我知道她也没睡着。我和她一夜无话，也许是她不知道怎么和我说，而我又不知道该如何安慰她。

第二天下山，陡峭的山路边没有围栏，雨依旧下得淅淅沥沥，M依旧神色如常。我跟在人群的后方，与M隔开几个位置，专心致志地下着山，突然听到前面的人发出一阵惊呼，原来是M不小心摔倒在了山路上，如果往外再滑出去一点儿就小命不保。M吓得脸色苍白，颤颤巍巍地站起，腿一软，差点儿又坐了下去。好在接下来的路还算安全，我们下山的时候如释重负，像是捡回了一条命。

那实在是一次倒霉的旅行，众人又累又饿，回来的路上又遇上前方的山体塌方。我无意增加惊险情节，只是这次旅行之后，我就彻底坚定了讨厌爬山的心。好不容易行至有信号的地方，只听众人的手机纷纷鼓噪，有的手指翻飞回短信，有的打起了电话。M小姐这一路又累又怕，很快就靠在我的肩头睡着了，睡着的时候，她一直紧紧握着自己的手机，它却一次都没有响起。

回学校后的不久，M小姐和那位先生分手了。虽然那位先生说了许多遍的"我爱你"和"请不要离开我"，可是最终却无法挽回她。

我所认识的M小姐，一直是个羞涩而内向的姑娘，不太会表达自己的情绪。她从不会说"我爱你"，也不会告诉别人说"我想你"。可也许正是这样，她比善于用语言表达感情的人更懂得那些看似平淡的语气下掩藏的涌动的情感。

因此，她很清楚，当她不在的时候，他的沉默远比她打算离开时的挽留，更能意味着什么。

我认识许多姑娘，醉心于甜言蜜语，经常会为了男朋友不够浪漫而争吵。我也认识那些不善言辞的男生，会问的只有"你在干吗"，"你有没有吃饭"和"天冷了要加衣服"。可是对于有些人来说，"我爱你""我想你"实在是肉麻得说不出口，又何必要过于强求。

　　M小姐要的，绝不是他的那些"我爱你"，而只是一句："你要好好保重，别着凉。"或只是一条"你在干吗？平安下山了吗？"的关切短信。精致的漂亮话，只能锦上添花罢了。而实实在在的深情，却早就暗藏在了每一句平凡话语的关心里。

　　"I love you该怎么说呢？"

　　"我爱你。"

　　"不，'等你回来，我们一起去吃好吃的'，这就足够了。"

# 什么是在对的时间遇到对的人

前一段时间提到过我的朋友最近陷入了一场异地恋，她的对象是一个好了多年的朋友。昨天晚上，她很沉郁地在QQ上找我，她的黯然、焦虑通过QQ上的字字句句找就能感受得到。我问她怎么了。她很严肃地问我："你说，我这场恋爱是不是一个错误？"

我被她这种悲悲戚戚的语气吓了一跳，连忙问她发生了什么，是不是吵架了。她说不是，她只是想到未来两个人还要异地很久，突然就没了信心。然后她又解释说，她怕的并不是异地这件事，而是两个人最终没有走到一起。

我的朋友很喜欢那个男孩子。她一直说，如果可以走到最后，那是她最想要的结局。可是这一路上风险那么多，万一失败，付出的代价也实在太大了，或许连好朋友都做不了。

我说她傻，说她想太多。可是她很认真地对我说："我真的担心，在一个错误的时间，遇上了一个对的人。"这句话让我想到了一个困扰了自己很久的问题。什么时间是对的时间？而什么人，又恰好是那个对的人？

想到了Z小姐某次对我说，她和前夫已经很久不联络了，之前因为一些小事两个人又产生了一些交集，聊了几次。可能因为从前两个人就很聊得来，Z小姐自己也是个大心眼儿的姑娘，这几次的聊天，两个人还挺开心。某个晚上，前夫先生对她说，如果我现在遇到你的话……话说到这里就没说下去。Z小姐问前夫怎么了，前夫说算了，如果的事情没有什么好说。

Z小姐想想也是，便没有再追问。后来有一次，前夫突然又说起这个话题，很认真地说："如果我现在才遇到你，我们一定会是很好的朋友，不会再闹得像当初那样。"

Z小姐笑了笑说："其实当初没有遇到你的话，我也不会是现在的我了。"

世上所有的事情，莫过于机缘巧合。就像Z小姐和她前夫那样，当初在一起和分开，都不过是某种机缘。幸好，他们还能在多年以后坐下来聊天，说说当年，就像是说别人的故事那样，没有高兴也没有悲伤。谁又可以忘记呢？那些年的Z小姐，一步步从玻璃心到女汉子的摸爬滚打；那些年的Z小姐，哭了以后会说自己在对的时间，遇到了错的人。

　　简小姐和郝先生从初中毕业到大学一共谈了五年的恋爱，最后却以分手而告终。他们因为青春而在一起，却因为了解和成熟而分开。不管双方承认或者不承认，在这些年里他们都曾认认真真地爱过对方，都曾害怕过因为在一起太早而走不到最后。这些年他们一起有过那么多的记忆，最后却都变成了回忆。直到分手两年以后，郝先生身边有了新的女朋友，他在纪念日的前一天给简小姐发信息说，如果简小姐愿意回来，他仍然爱她。简小姐收到消息以后，沉默了好一会儿，然后默默把郝先生拉进了黑名单。

　　不因为恨，只因为爱过。

　　爱情里面，从来就没有对错。你爱得愚蠢还是聪明，只在于你投入了多少。有些人一直都能抽身而退，有些人却总是遍体鳞伤，其实并不是谁比谁更高明。爱上一匹野马，可我的家里没有草原。可是又有什么关系，我们可以一起去寻找。爱情这回事，不必问过去，也不必去想将来。把每一分钟都当成末日，把每个恋人都当成最后一个爱人。全心全意，本来就不是错的。

　　如果我的朋友真的坚定地喜欢她的男友，那么任何相爱的时间，都是对的时间。异地反而更能使得感情坚固。以前Z小姐认为的那个错误，无非是当初的她付出了真心却没有被他所珍惜。可是当年的那个执着的她，即使受伤，也很勇敢。他们如今还能聊天，无非是一场感情下来，她足够豁达也足够深情，对得起别人，也对得起自己。

现在可以来回答了，什么时间是对的时间，什么人又是对的人？

这世上，你真心付出的每一分钟，都是对的时间；而你真心爱过的每个人，都是对的人。

## 不是一个人不行，只是两个人更好

找到一家好吃的蛋糕店，想去尝尝有名的芝士蛋糕。

想到只有一个人去，哪怕好吃也没有人分享，然后就不想去吃了。

最近有一部好看的电影上映，很想去电影院看看。

可是想到只有一个人，哪怕喜怒哀乐都不知道跟谁说，还是不去看了。

很想去逛街买件衣服，对自己说春天要来了，该脱掉厚厚的大衣了。

可是想到试了衣服都没有人评价好不好看，翻出去年的衣服还能穿，于是计划搁置了。

想要温书做题目，和别人讨论答案，决心这个学期做学霸好好学习。

突然想到只有自己一个人在看书，不会做也不知道和谁讨论，算了，还是去睡觉吧。

很多时候别人都说，一个人有多么多么的精彩。

可是自己心里知道，想做太多事情的时候，突然想到只有自己一个人去做，然后就放弃了。

不管什么样的好东西，都要跟人分享了才有趣吧。

一个人再怎么精彩，也掩盖不了偶尔会泛起的孤单。

告诉别人的故事便会很难忘记，和别人讨论的题目会印象深刻。

看着同伴笑眯眯说好吃的表情，才让人感到快乐；两个人一起争论电影的剧情，才显得有趣。

如果说一个人的思念很苦涩，那么变成两个人的互相想念，是否就甜蜜了一点儿。

如果一个人的付出，看起来已经很伟大。那么两个人一起努力，未来才会变得安稳。

不是一个人不行，只是感觉两个人一起更好。

# 无所谓新欢旧爱，有所谓爱与不爱

　　前女友和前男友，是这个世界上最剪不断、理还乱的一种关系。你说近，它比谁都近；你说远，它比谁都远。以前看《前度》的时候，那句台词总是说："不是在身边的那个不是最爱的，而是最爱的已经不在身边了。"如是此言，那么最爱的那个，是否永远都是以前的那一个？

　　既然那么爱，何必又分开？

　　既然能分开，无非说明不爱了。

　　电影的台词多么的美好，能抚慰一众伤春悲秋、孤家寡人的心灵。多少痴男怨女或许在眼泪中想起自己曾经的那一位，心里万般感触，把自己当成了对方的那个最爱的。说不定，你念念不忘的前任，此刻正搂着温香软玉笑得开怀，早已经把你的容貌、涕泪纵横通通抛之脑后。

分了手的恋人从来都做不了朋友，大不了多年之后相逢一笑泯恩仇。更多的则是形同陌路，道不同不相为谋，与其挣扎着相濡以沫，不如相忘于江湖。以前有句话说，新欢永远都是欢，旧爱才是爱。那谁的新欢，又何尝不是别人的旧爱。莫非这个世界是一个大圆环？你套我，我套他，他套她，她套你？你以为开奥运会吗，亲爱的？若是恋爱经验再丰富点儿的，岂不是要分不清谁才是真爱？是第一个，还是上一个？

　　旧爱有可能痛苦万分、不堪回首，新欢亦会巧笑嫣兮、携手白头。这世界无所谓新欢旧爱，有所谓的不过是所谓的爱或者不爱。

　　这年头有一类傻瓜，会去比较自己的恋人是爱自己多一点儿，还是爱从前那位多一点儿，这事情没有天平可以让你衡量。我一直觉得，如果你的他愿意跟你说他以前的故事，你就听着，笑笑，何必吃醋。他所有的经历、过往，都是他人生的一个故事，值得记录。是那些所有的事，把他变成了现在的他。你的遗憾如果是没有参与他的过去，那就不要错过听他讲过去故事的机会。他告诉你，不过是想让你明白，他曾是一个什么样的人，给你补上你不在的那段岁月。

　　这年头还有一类傻瓜，就是执着于过去的恋情中走不出来的人。眼看着曾经的恋人有了现在的幸福生活，你在旁边冷笑、感慨、苦恼、比较，有意思吗？你这么做能得到什么？他能知道？

他会理你？何必痴痴缠缠做出一副痴男怨女的样子，活得潇洒一些好不好？为了一个转身就把你忘了的路人甲，你还真的打算蹉跎年华到天涯？

你总有一天要明白，有些人，你一开始想死他了。后来，你想他死了。

无须挂念，终有弱水替沧海。

做人要善良，无所谓你是前任还是现任。如果你是前任，你曾经的爱人现在有了新的恋人，就不要再去打搅了，因为没有必要折磨你自己，还生生在别人的心里留下一个愚蠢的标签。如果你是现任，你要对恋人的前任善良，不要想着诋毁别人，不要想着比较。前任好比一个死掉的人，你拖出来再挫骨扬灰，是想让他看着尸体于心不忍？折了自己的气度，又何必呢？

说到底，属于你的赶也赶不走，不属于你的拦也拦不住。谁曾在你身边又能有多重要？重要的是，现在你在谁的身边。

你要去相信，那个穿越山水来到你身边的人，你们能否一路到白首是看他愿不愿意为你披荆斩棘，而不是看他曾受过多少风霜。

## 爱情不过是五个字

我们都知道，女人每在失恋之后都会有一段神经病的时期。抓狂的、流泪的、愤恨的、指责的、咒骂的，悔恨的、求情的、悲伤的、哀求的、犯傻的、淡然的。有的人会说，要怪谁呢？要怪就怪当初自己不开眼找了个没结果的男人。

而说句真心话，其实一开始谁都不知道最后有没有结果。

我们安慰分手的人，总是说：他或者她不是那个对的人，那个对的人总会出现在下一个路口。可是谁都知道，这句话就和"一切都会好起来的"一样，是一句既有道理又没用的废话。我曾经刚学英语的时候听到别人说Mr.Right，一直以为是说站在右边的那个人，后来才发觉是说那个对的人。

可是，你知道谁是对的那个人？以前有人说，总有一个人会出现，让你知道为什么你和其他人都没有结果。可是那个人在哪里，谁又知道？或许他就是来找睡美人的王子，半道上被别的公主给劫走了怎么办？虽然一辈子都在等那个对的人的出现，但也有可能一辈子都等不到那个人。

感觉是一种最难以把握的东西。你永远都不知道谁会在下一秒让你怦然心动。我从不知道应该如何用感觉来区分一个人究竟是不是对的，因为我一直只是觉得，在我眼前、在我身边的这个，永远就是对的那个。你何必参考那么多的日志或者其他乱七八糟的东西来说这个男人到底爱不爱我？你何必听那些人一辈子要谈多少次恋爱才算完整的话？

我们没有什么花名册一定要等到某个人来了之后才能签名。有的人初恋就找到了那个相伴一生的人，有的人一辈子都在寻寻觅觅，很多次恋爱后才心有所属。

可是你呢？关于是否是对的那个，你应该也明白了世界上并无标准。

何必过多挑剔？何必抱怨不已？能遇见，已是不容易。

谁都不知道这一次的告别是不是永别，谁都不清楚这秒所见的景色是不是人间所见的最后一秒。

谁知道明天和意外哪个会先到？真心去爱吧，好好珍惜吧。没错的。

我总觉得感情里无非是感激，无论是你爱我，或者是你不爱我。感谢你的付出，也感谢你的放手。因为我是爱过你的，如果我再来恨你，就证明我自己曾经的一片真心不过是错付了。两个人在一起，相遇是为了彼此疼爱，而不是用来浪费、吵架、纠结、指责的。

吵架以后，主动向对方说一句对不起是不会死的，面子有那么重要吗？它比你爱的那个人更重要吗？能遇见，已是不容易。这世界上没有不合适的人，只有不珍惜的人。如果在一起，就不要浪费彼此的感情，不要浪费彼此的生命；如果不在一起了，也没必要再去拾起。只有一条路走到底，才知道究竟是姻缘还是孽缘。

所谓爱情，不过是五个字：珍惜眼前人。

## 只是你并不懂我

"喂，我明天有空，我来学校看你吧。"

"别来了，麻烦。"

"不要紧的，我反正没事。"

"真的别过来，你过来一次一个小时呢，还得赶回去。"

"没事的，我不怕，我想见你了。"

"不用了不用了，真别过来，路上太麻烦了。"

以上对话重复N遍之后。

"那……那我明天不过来了。"

"哦……哦……那你明天真的不来了？"

"嗯……你说的……那我还是不来吧……"

"那……那……那好吧，你早点儿睡，宝贝晚安了。"

"宝贝晚安，你也早点儿睡。"

第二天早上，说好不来的男孩还是早早起床洗漱，拿上手机、钱包、钥匙、公交卡，转三趟车去一个偏远的地方看那个让他别来的人。那个让他别来的女孩也从一早开始不停地看着手机，心里期待着收到一条"我已经到你学校了，你在哪儿？我来找你"的消息。

他说他不去看她，可是他刮干净了胡子，换上了一件干净的衣服，拿着她喜欢吃的巧克力出了门。她让他别来看她，但还是化了个淡淡的妆，找出一条漂亮的裙子，坐在教室里心神不宁，不时往门外张望。

当他气喘吁吁地在经历了这个城市牛车一般的公交之后，终于出现在了她的面前。她一脸惊喜，然后，从口袋里拿出一瓶还温热的柚子茶。

"喏，你最喜欢喝的，我刚买的，还热着呢。"她又故意说，"不是让你不要来嘛，你看你，一头的汗。"然后拿出纸巾帮他细细擦干净。他笑着不说话，还是搂住她。他确信自己牵着的这个人，也如他思念她一般在思念着他。

人在感情里，口是心非的次数是最多的。明明很想得到，却偏偏说不要。明明不是自己的错，却偏偏还要抢着去认错。

有的男生会觉得很麻烦，往往会说："有什么话你直接跟我说啊。不要拐弯抹角好不好？"还有些人会说："想买什么就告诉我，我给你买。"

现在很多姑娘自立自强，不需要男生给她们埋单。但是这种直白的说话方式，就足以让她们觉得不爽。上帝既然创造了男人又创造了女人，就注定这两个物种天生思路不同。以前闲聊的时候，一个姑娘说想要去了解男生到底在想些什么。我笑着说不可能，如果我们能猜透男生的想法，男生也一样会猜透我们。

女生习惯了欲拒还迎，也习惯了口是心非。这一条法则往往从落地到刚会走，再到老到九十九都是这样。

打个比方，爷爷和奶奶出去逛街，奶奶会说："这件衣服不错。"爷爷就说："那喜欢就买吧。"可奶奶还是说："算了，一把年纪了，别买新衣服了。"这个时候，要是爷爷转身离去，奶奶肯定会有些失落。

多年的老夫老妻尚且如此，更何况还在恋爱阶段的姑娘小伙?

如果你的妹子之前对某件事有所表露兴趣，但是你要去做的时候她又阻止你，而且在不让你做某件事的同时她重复很多遍，故意提醒你，那基本上她的意思就是让你去做这件事。例如你的妹子说蛋糕好吃。你说你给她去买。她说不要，会发胖。但是对话中又频繁出现真的好想吃，但是好怕胖啊。这个时候别犹豫了，买好她喜欢的口味给她送过去吧。你要是胆敢说什么那别吃了，会胖的。你就死定了。

但是，假如她真的很讨厌什么东西，她的态度就会变得完全坚决起来。

这并不是女生做作，也不是在发嗲，而是她们生来如此。说反话并不是一种乐趣，只是女生天生就善于暗示。如今，勇敢表白的妹子并不是很多，所以表白的事情大多是男生去做。

此外，如果两个人吵架，往往女生都会说："你没错，是我错了，都是我错了。"假如这个时候你心安理得地接受的话，你就基本上逃不掉跪电视遥控器的下场，同时还会一不小心跪换了台而遭毒打。吵架吵到最后，女生一般不会再去注重为什么吵架了，她们注重的是你对这件事的态度。你可以以后慢慢告诉她，当时她哪里做得不对，你是怎么想的。但是，千万不要指望在吵架里说个明白。

有些男生觉得女生很复杂，但是其实女生往往都比较简单。曾经有个恋爱经验丰富的哥们儿在一次吃消夜的时候，一边喝着啤酒一边对我说："找男人啊，还是得找经验丰富点儿的，知道怎么去疼人。"以前有人说，如果找个还没有初恋的男生，好处是没有前女友，坏处是什么都不懂。

我不赞同找"经验丰富的"这个观点，我并不觉得一张白纸有多么不好，但是我却希望不论男生或女生，都能把恋爱当成一门成长的课程。它教会了你体贴、关怀和迁就；教会了你用心，琢磨和成熟。女生大多口是心非，男生大多直来直去。正是因为个性，所以才有火花。不要想着去改变对方，而是要能牺牲自己的一部分去适应对方。

不要觉得女生的暗示过于腻歪，因为这就像天性一样无法改变，可怜的男生，你们只能去适应；不要觉得男生的思路过于大条，这是他们的本来面目，单纯的女生，请体谅那个爱你但却猜不透你的男友。你们都会长大的，你们都会适应的。默契也好，磨合也罢，都需要时间。

总有那么一天，你习惯了她的直来直去，他也猜透了你的口是心非。

相视一笑，执子之手，与子白头。

PART

Ⅲ

我想和你说说话

# 听不到

　　某姑娘与男友分手的时候，刚刚降格成前男友的某先生送给她一个相册，相册里是他们以前在一起傻笑的照片，一起打游戏的截图。某先生仔仔细细地装订好，托人送到了某姑娘手里。

　　某姑娘收到礼物的时候着实愣了很久，不知道哪个不知好歹的又在旁边唱着"突然好想你，你会在哪里"。这时，手机响起来，某先生的短信说："亲爱的，你能等等我吗？"

　　可是亲爱的，对不起啊，我已经没有力气再等了，等你长大、等你成熟、等你明白。人生这条路什么时候可以让我们随心所欲？

　　某先生和某姑娘以前一起打游戏，某先生是大牛，某姑娘是小白，某先生带着某姑娘走遍了地图上的每个角落，陪着她从一级到满级，陪着她从第一个号练到第二个、第三个。某姑娘好强，总怕别人觉得她是个妹子所以迁就她，总怕丢了某先生的脸。她拼命地打木桩、看帖子、练手法。

后来，某先生因为一些小事就离开游戏了，渐渐地与某姑娘的共同话题越来越少，两个人的交流也越来越难了。某姑娘才突然意识到，原来他们两个人的这些年不过是见面吃饭、看电影、逛街，不见面就一起打游戏。某先生知道她在不打游戏和不见面的时候都想些什么吗？而她又知道某先生些什么呢？

可见，最可怕的并不是不知道，而是连想知道的欲望都丢了。

某先生后来上线了，在公会的频道大家都和他打招呼，欢迎他的回归。某先生默默地说，我回来是为了找回我的女朋友。某姑娘没有说话，因为她不知道怎么说。某先生不在的时候，某姑娘已经从某姑娘1.0进化到了某姑娘2.0。或许某先生可以赶上进度、赶上装备，可是心态呢？

你们或许能明白，我要说的，又岂止游戏那么简单。

我的学长S先生保研成功，正在前往拿到硕士文凭的路上，他的女友Q小姐毕业后进入了一家大型企业。两个人的感情一直很好、很稳定，以至于听到Q小姐提分手的时候，我们是那么的错愕和惊讶。

听闻不久之后，Q小姐就和一位青年才俊谈起了恋爱，我们不禁为S先生唏嘘不已，几年的感情就这样变成泡影。

S先生的朋友们都安慰他说，女人嘛，走了一个还有一大把。S先生不死心，便问Q小姐到底是为了什么要和他分手，Q小姐说你太幼稚了。

原来，当Q小姐下班回家累得半死想跟S先生说说话的时候，S先生总是在打游戏或写报告；当Q小姐遇到办公室里的同事钩心斗角的时候，S先生一脸的"女人就是事多"的表情，轻描淡写地说几句不痛不痒的安慰……种种种种，都让Q小姐对这份感情越发怀疑，直到失望。

其实，两个人在一起，不过就是为了互相陪伴和一起说说话。Q小姐的这些心理变化，S先生并没有意识到，而等他意识到，一切都已经来不及了。

后来，有人问S先生，你们为什么分开？S先生却说"毕业那天失恋"是逃不开的定律。

可是你们谁都懂，这个故事，又怎么可以用一句话就能解释得清楚？

当开始明白感情和人生没有谁能够停下来等谁的时候，与其去求人等，还不如自己去追。太多人的分手不过是因为世界那么小，可你却听不到我。

两个人在一起，最重要的除了交流还能有什么？除了语言和文字的表达方式以外，一个眼神、一个拥抱也是一种表达方式。但是无论什么方式，都要建立在懂得的基础上。你不懂他的时候，你的拥抱只是桎梏；你懂得以后，一个拥抱便胜过了万语千言。

何必去羡慕身边的人总能长久？他们无非是一个愿意说一个愿意听，他们无非是愿意彼此扶持，愿意把心放在一个频率前进。

愿你拉着他的手，愿你听到她的心。

# 对不起有用，还用警察干吗？

张小娴的"面包树"系列。大概是我看过唯一的言情小说了，但是印象却很深刻。男人往往有三种，林方文那样的，有才气又潇洒迷人；徐起飞那样的，多金厚道而可靠；杜卫平那样的，质朴敦厚。

林方文很优秀，可是他太懦弱，永远都在逃避责任；徐起飞很好，可是他只是完美物质的代言词。我喜欢的是杜卫平，他不够有钱也不够有才华，他只是一个好厨师，可是他从没有让程韵失望过。她生病的时候，为她煎药；她练推拿的时候，给她做人体模特；她难过的时候为她做美食，逗她开心。

以前有人说，世上最让一个女人难过的，就是当她有所期待的时候，而那个男人却让她失望。是的，大多数的女人，本来就是普通的。不是所有的人都爱慕虚荣，不是所有的人眼睛里只有钱。她们需要的，不是一个人有多帅，也不是一个人多有钱。她们所需要的，不过是在她们难过的时候有人陪伴在身边，在她们经历挫折的时候有一句鼓励，在她们想要依偎的时候有一个肩膀。

如果在她最需要你的时候你不在，那以后，你也不必在了。

你可能永远都有理由，你总是觉得很抱歉，可能在你的眼里，她的难过未免有些无理取闹。为什么她不能理解你一下呢？你不过是忘带手机或手机没电了；或恰好别人和你换了手机，可你又不会调音量。多么好的理由，可是，理由无非只是理由罢了。就像借口也一直都是借口，不会成为别的任何东西。没有电的手机，为什么不记得最后给她一条信息；不会用的手机，为什么不知道上网查一查怎么用？

不是足够必然的因素，而只不过是没有足够去用心罢了。

你永远不会明白，一个打不通的电话后面是有一种多么焦急的心情。可能你也永远不会懂得，一个你没有接到的电话可能会让你永远遗憾。你或许也不知道，无数次的期待与无数次的落空，又是一种多么绝望的心情。

也许，她需要一次对不起，但她不能接受没有尽头的对不起。

总有一天，你的对不起，再也不会换来她的没关系。那时候你忽然明白了，可是那心凉之后的殷勤，像夏天的棉袄，冬天的蒲扇一样，都变得毫无意义了。

# 我要你懂我

但凡是女孩子，只分两种类型：一种是好哄，一种是不好哄的。好不好哄，其实与女孩子长得漂亮与不漂亮没有任何关系，差别只在世人的眼里，好哄的漂亮姑娘收获美誉，难哄的漂亮姑娘叫"贱人就是矫情"，好哄的丑姑娘算是有"自知之明"，而难哄的丑姑娘，却落下个"丑人多作怪"的名声。

但是，姑娘也只是姑娘。

而好哄和难哄的差别，却是在骨子里的。

那天朋友们一起吃火锅，说起来女神毛小毛，也真觉得羡慕。不是羡慕别的什么，而是羡慕她无忧无虑。女神不服，喊着说："我哪儿无忧无虑了，我还担心着考研呢！"

我们笑她："你有事业线，还怕没事业？"

女神是学设计的，谈过一段两年的恋爱，最后感情淡了就分手，没吵没闹，不再联系。双方也没有互黑，只说缘尽难再续，算得上好聚好散。她性格也是好的，开朗直爽，讨人喜欢。父母宠爱，朋友又疼她。纵然有些什么不顺，也只是鸡毛蒜皮的小事，生个气就完了。然后嘻嘻哈哈，日子该怎么过还是怎么过。一个朋友评价她还是经历得太少。可是对我们来说，如果可以，希望她永远都不需要去经历那些让人转性的故事，如此安稳地活着，便是最好的了。

上次我和朋友聊天，我说如果我是男人，我一定找一个小女生。他很惊讶，问我为什么。我说因为好打交道。好哄是真的好哄，吵架了你给块糖吃也就自当没事人一样，你随便一逗就笑颜如花。笑点泪点都不高，涉世未深，也不必带她去看那世间繁华，旋转木马就足矣。心里也没有那些细枝末节的情绪残留，解决了一件事儿就当是没事了。有的时候跟你哭，跟你闹，跟你折腾，可是事情过去了就真的过去了，那才是好哄。

难哄其实是一种很难从表面上分辨的属性。因为真正难哄的女人，往往长着一张好哄的脸，出了事情也不吵不闹，让你以为风平浪静。她们就在自己心里憋着，一遍遍回味，一次次百转千回，最后做出一个让大家都万劫不复的决定。

我有一些难哄的朋友们的男友，后来都成了前男友，大都死在了"你根本不知道我要的是什么"这句话上。有时候我觉得其实男生还挺傻的，特别是喜欢一个姑娘的时候，他们的原始冲动就是

"你说啊，你说啊，你说你要什么？你要什么我给你啊！"可是偏偏遇上了女朋友们痛苦的眼神："说不出来，就是感觉不对。"

可能是因为需要的东西不同而又一直得不到，所以才变得难哄。我曾经尝试着给朋友介绍对象，问她你需要什么样的，她说了三个字："懂我的。"我便彻底放弃了介绍的念头。有人曾说女人其实很好对付，爱钱的便给她钱，要爱的便给她爱。据说，说这个话的是金星女士，可见这话还是颇为男性着想了些。而不知道，这世上的许多女人，要的不仅是爱，而是"以她要的方式、爱她懂得她"。

前不久，在B小姐分手的晚上，她的男友Q先生打电话给我，我正好在打游戏。Q先生小心翼翼地说："渡啊，你是在玩游戏不？如果在，我就先不打扰你了。"我说："没事，Q哥你怎么了？"Q先生就哭了，如果一个男人，不是在很难过的情况下，一般不会在自己女朋友的朋友面前流泪。Q先生说那天B小姐加班，晚上十点才下班，站在大马路上打不到车，就打电话给Q先生抱怨。Q先生说："你可以去另一个地方打车，那个地方好打些。"

Q先生说的地方，距离B小姐当时在的地方，走路需要二十分钟。那是上海的夜晚十点，又湿又冷，Q先生在温暖的家里，而B小姐在寒冷的大街上吹风。

B小姐在电话那头沉默了一会儿，问Q先生："我怎么过去？"

Q先生很自然地给出了答案："地铁还没到末班的点儿呢，你可以坐地铁。"

嗯，坐地铁看起来是最好的解决方案了，虽然B小姐走到地铁站也要十分钟，但是总比走到Q先生说的位置要方便许多。

B小姐也没说话，就直接挂断了电话，然后给Q先生发了条短信："我们分手吧。"语气坚决，没留机会。

Q先生在电话那头哽咽得不行，完全搞不懂发生了些什么。他的建议毫无错处，他也不懂自己为什么就被判了死刑。B小姐一直是我认识的女孩子里很讲道理的那种，而且也是个标准的女强人。然而，越是这样的女生其实越难交往，因为她自己就能过得很好，并不要求男生给她太多的东西，她对于感情的要求也往往是很精神层面的——懂得、理解、体谅！并且能和她在一个步调上行走。他们真的是因为一个建议而分手的吗？不是。凡是最后一件导致分手的事情，往往是小事，对于B小姐这样的女生来说，这不过是压垮骆驼的最后一根稻草，而那些致命的原因，早在她的心里来回过许多次。她永远都哄不好，她的坚持是因为他的表现让她有了坚持的勇气，她的放弃是因为他表现出了让她放弃的颓丧。

回想每次B小姐谈起她和Q先生的争执，最后都是无奈的妥协。也许，表面上是Q先生对B小姐百依百顺，而在B小姐心里，每次都是她在妥协。

前几天我和一个小妞交流，她刚分手。当初那么多人反对，她却坚持了下来，现在收获了祝福，却又想要放弃。我可以理解，只是不觉得这是一个好选择。

我问她为什么。她的答案是没话说。是，共同的经历太少，说完了那些熟悉的人和事情，便发现再也没有可以共同交流的话题了。她很无奈，男友看出了她的不开心，想要哄她，却难以阻止她要放弃的决定。小妞长着一张好脾气的脸，但她对于感情和伴侣的要求，却非常苛刻。她不要他有钱、长得帅、家境好，而只要他可以让她变得死心塌地。这种心理上的顺从，是无法通过某一行为或者某句话而改变的。我劝慰她，只是因为异地所以寂寞，而熬得过寂寞，才能开出花朵。

可是她却告诉我，不是因为寂寞而支撑不下去，相反，是因为她觉得不需要他。

她为什么不需要他了？回答是因为他不懂她要什么，也不懂怎么和她交谈。

难哄的女人，并不是比好哄的女人更不值得爱。这是天性，而并非定性。人会改变，一个女人是否可爱的原因，是她们能否遇到那个让她们变得可爱的人。无论好哄的女人还是难哄的女人，其实需要的都是被理解和懂得，唯一的差别只是这本书是儿童连环画还是一本艰涩的经典文集。我们经常会抱怨一本书难读，一件事难做，其实是因为我们不愿意付出足够多的时间，也不愿意付出足够多的精力，只是一味以为所有的事情都不过是天注定。没有经过努力，就开始认命。

很多人认为，懂得对方的方式，就是去问对方到底要什么，其实，询问是最无力的方式，重要的是观察，将心比心地去理解。如果你愿意付出懂得和理解，就会发现，艰涩的文字中有独特的趣味；而如果你草草翻过，再简单的连环画，也是晦涩的。

## 此致，亲爱的姑娘

　　和一对在闹分手的情侣分别聊天，其实情节无非是一方受不了另一方的脾气和任性，才会想到一了百了。我们去看某对分开的情侣时，往往都会发现，一开始不论是什么原因在一起，最后分开的时候都是为了一个字：累。累的原因可能有许多许多，而结果却只有一个：累了，然后倦了，最后也就不爱了。

　　刚刚相遇的时候都是最美的，他孩子气的微笑会变成你坠入情网的理由，她的倔强会让你不由自主想要去保护她。一旦真的长久相处下去，她却发觉自己不能忍受他的孩子气，他也不能接受她的倔强背后没有由来的纠结。当初互相吸引，如今却两看相厌。而人生，永远不能视如初见。

然而，每天哪有那么多说不完的话？感情不像一开始那么炙热，说明你们都在长大，这段感情也在往更稳妥的方向走去。世上所有的波涛汹涌，最后都归于了细水长流。

我一直都觉得，再怎么爱一个人，都不能丢了自己。这并不是让你自私自利，可是你不仅要学会相互体谅，也要学会独自坚强。没有人会喜欢一个整天缠着自己，不给自己留一点儿空间的人。一开始或许还能感到甜蜜，但最后只会觉得窒息。当然，我说的是大多数，如果你们是蜜琪和席林①那种天生一对的八爪鱼，喜欢把人生只留给痴缠，那就当我没说。

世界上每个人都是独一无二的，永远别把自己的爱人和别人做比较，感动你的永远都是别人的故事，让你流泪的永远都是别人的爱情，可是你的身边，为你递上纸巾擦干眼泪的，又是谁呢？如果一个人可以在自己的能力范围内把最好的给你，那就足够了。一个奶骑②不能为一个猎人扛怪，但是他愿意把他的所有治疗大招都为你刷，这就是爱。

---

① 即鸠谷蜜琪与鸠谷席林夫妇。日本漫画《蜡笔小新》角色之一，该夫妇恩爱到夸张的地步。
② 网络游戏《魔兽世界》中负责加血治疗的圣骑士。

你问：争吵过后还有爱吗？我想，还是有爱的，但只是不知道该如何在争吵和冷战后重新收拾好自己的心情，开口想要延续感情。给对方一个台阶下的时候，请用你最温柔的那颗心。甜言蜜语、擅长做戏的人永远可以让你心动，而不善言辞的人，却可能一辈子都说不出口。"我爱你"三个字，根本就不能证明爱情。

很早以前，我便学会一点，不管发生什么，尤其是感情的问题，永远都别找人去哭，每个人都有自己的故事，永远都有人比你更惨。你和男朋友闹矛盾了，自己找间没有人的屋子，给你十分钟去哭闹抓狂。然后擦干眼泪，静下来好好想想谁对谁错，各占几分。一味的"都是他不好"和一味的"都是我的错"均是歇斯底里的表现。冷静，亲爱的姑娘，沉稳大气。笑，而不语。

我们总觉得自己得到的太少，而事实上，我们想要的，又实在是太多。此致，亲爱的姑娘，你这一路跌跌撞撞，除了流下的眼泪，更希望你能长大。

愿你最后脚踏实地站在坚实的土地上，握住爱人的手，一起眺望远方；愿你的容颜即使老去，眼眸也清澈依旧；愿你们互相扶持，不离不弃。

# 每一种被爱，都是幸福

《魔兽世界》的游戏里面有一个叫安苏的首领，他会掉一种被俗称为"乌鸦"的坐骑。很多人每天都去刷，但是大多数人只能失望地拿到那条名为"乌鸦之神"的腰带。之前看过一本魔兽小说，说到安苏看着来刷坐骑的一个小姑娘，高高兴兴地把自己最喜欢的腰带给了出去。结果小姑娘失望地走了，安苏在下班回家的路上想：也许我应该给她想要的坐骑，而不是我喜欢的腰带。

当我们寂寞的时候，总是在想，要是有一个人来爱自己就好了。可当真的有人来爱自己的时候，自己又要挑三拣四起来：我明明要的是苹果，可是他却给了我一个生梨。然而，爱你的人也在想，我已经把我最好、最喜欢甚至是唯一的生梨给了你，可是为什么你还是不开心呢？

一个永远在讨好，一个永远不满意。我用我的方式来对你好，可惜你不懂、不知道，也不明了，更不想要。有个男生朋友在谈恋爱的时候惨被劈腿，后来看见前任在微博、人人网上大秀恩爱，以为标榜新欢才是真爱。他不无凄惨地问我，那么在她心里，他究竟算是什么东西？

在每一个寒冷的夜里，是他不忘记给她打热水；在每一个炎热的夏日，是他省下钱每天给她买冰激凌；在她抱怨作业多做不过来的时候，他默默地给她写好了论文；在她生病的时候，是他一直陪在她身旁……的确，我那个男生朋友不够善解风情，不够甜言蜜语，不懂得在情人节的时候买花买小礼物逗她开心。

你会说，你一直都喜欢吃香草味的"可爱多"，可是他老是给你买草莓味的。

很多时候恋人之间的争吵，无非是因为你觉得你做了很多，他应该很开心，而他觉得你做的那些只能成为他的负担。你总是怪他没有给你你想要的，可是也请你想一想，你是不是也一直没有告诉过他你究竟想要什么？你一直觉得自己的忍耐很伟大，自己无奈又委屈，他总是不懂你，他总是对不起你，他不够爱你。你不懂这个世界上有一种爱，本来就已经掏心掏肺了，有一种人，只懂得对你好，却不知道怎么对你好。

就像我的朋友对待他的前任那样，他只是坚持着给她他所能给的最好的东西。他就像安苏一样，爱得很认真，却爱得很笨。爱，不论是无声还是疯狂，都只能被叹息和尊重，而不该被指责和否定。那些被爱的瞬间和那些爱过我们的人，都值得我们珍惜。那个笨拙的样子和那个真心实意却不懂风情的人，都值得我们纪念。

懂得别人爱你的方式，也是我们在学会爱别人的路上的重要一课。不要急着去否定，也不要急着去埋怨。在指责一个人没有给你你想要的之前，请先告诉他你想要的究竟是什么。你要的是苹果，也请告诉他。

毕竟在这个世界上，光阴如此长，我们的生命那么短。而世上的人又是那么多，我们的相遇是如此不易。每一次被爱，都是幸运；每一种被爱，都是幸福。他的温柔很笨拙，但是，他爱你。

# 放下手机，看看我

　　朋友Z先生在外地上大学，暑假的时候，他回上海，给我打电话，说是请我吃饭。天气炎热，我们都没有什么胃口，便找了一家咖啡店坐下来聊天。从找到座位坐下的那一刻起，Z先生就开始掏出手机，刷人人网或聊QQ。我与他说话，得到的回应不过是几个"嗯""对"。问他一些问题，他才会抬头扫我一眼，然后用不多于三个字的简单句子回答我。

　　我无奈，明明是约好了出来叙旧，现在却像是在咖啡店拼桌的陌生人。与Z先生聊天得不到回应，又不好意思劈手夺下他的手机。我只好拿出早晨出门时买的杂志看，以此来消磨这无言的尴尬。到了晚饭的点儿，Z先生开始抱怨手机耗电快，变得焦躁不安起来。恰好我家里有事，便与他匆匆告别。

　　回家的路上，我从口袋里掏出手机，一上人人网，就发现

Z先生发状态@了我——"今天和好友在外面玩，好高兴。"回想了一天的经历，总觉得Z先生的状态在我这里被自动翻译成了"今天和好友在外面，我玩儿了一天手机，好高兴。"出于礼貌，我回他："哈哈哈，我也觉得好高兴，下次再出来一起玩吧！"

后来有一次，我去Z先生求学的城市旅游，在QQ上告诉他这事，他兴致勃勃地对我说："我请你吃饭吧！"晚上吃饭的时候，见到了Z先生与他的女友，一个非常可爱的姑娘，我俩在网上也认识很久，只是一直没有见过面。Z先生又是吃着吃着，就掏出了手机开始玩儿。姑娘看着他，一脸无奈又习以为常的表情。Z先生看着手机，低头咯咯咯地笑，姑娘和我聊着天。

"他一直是这副德行吧。"我调侃Z先生，姑娘苦笑着点点头。

此情此景，让我忽然想到了曾经看过的一幅漫画：女生在男友面前做出种种夸张的动作，男友毫不在意地继续玩手机。最后女友无奈，只能抢过男友的手机贴在自己的额头上，流着眼泪冲着男友说："是不是只有这样，你才会注意到我？"

再后来，听说姑娘与Z先生分了手，他告知我这事的时候，心情颇为郁闷。

"她为什么要和我分手呢？我不知道我哪里做错了。"Z先生很喜欢这姑娘，对于分手很是想不通，我只能安慰他，也许是缘分不够吧。可是事实呢？

过了几天，我与姑娘聊起Z先生，姑娘很坦诚地说，她感觉和Z先生没有话说。她很喜欢Z先生，可是每次出来约会的时候，Z先生都不由自主地掏出手机看，实在没有东西看的时候，他就开始看手机里收藏的小说。走路的时候，Z先生也总是一只手拉着姑娘，另一只手拿着手机看。甚至看电影的时候，Z先生都会忍不住地玩手机。

一次又一次，姑娘的热情渐渐被消磨殆尽，她不理解的是，为什么手机里这个虚无的世界比她这个大活人更为重要？最终无奈演化成了失望，失望越演越烈，便走到了想放弃的地步。

"或许我没那么重要吧。"姑娘自嘲地笑笑。

那些不自知的冷漠、忽视与敷衍，往往比刻意更为伤人。

Z先生只不过是我身边所遇到的许多人中的一个代表。在科技并没有那么发达，手机只是一个通信工具的时候，我们并不会放太多的精力在手机上。而如今，它似乎成了一些感情的试金石，要到"关系足够好""对方足够重要"的时候，你才会放下手机与对方认真聊天。可能你的心中并没有如此想法，就如Z先生，手机里的世界并不比姑娘要紧，但是却真真切切地给了对方这种感觉。

有一次朋友们出去吃消夜，大家一开始在低头玩着自己的手机。后来组织者火了，让大家把手机都交出来放在桌上，谁想去动，谁就得罚酒。说来也奇怪，因为这个规矩，这顿饭吃得无比热烈，吃肉喝酒，好不痛快。离开了手机在身边的那几个小时，其实也不过如此。你并没有那么忙，出来相聚的时间，就请多跟朋友聊聊天，不然，和朋友聚会又有什么存在的意义。

手机是联通现实世界中的人的工具，却并不能代替现实。就像你在网上看到的许多鸡汤文，都比不上现实生活中朋友的一个拥抱。Z先生亦曾在网文下@姑娘来表达爱意，可是却忘记了姑娘要的是他牵着她的手，心也在她的身边。我也写过记录朋友间感情的文章，可是对我们这些朋友来说，最好的时光是无法用语言来描述的，不过是在彼此身边，快活得哈哈大笑。

曾看到一家咖啡店外的招牌上写着：我们没有Wi-Fi，陪你的朋友聊聊天吧。

其实，我一直都希望在你告诉我你很重视我的时候，我你愿意放下手机，跟我高兴地聊天。

别让感情在不经意间变成一句空洞的表达，让所有的时光，真正成为感情的纪念，而不是无所事事消磨掉的指间沙。

# 面子问题

今年年初，我认识了正在岛国求学的陈先生，有一日他发了个可怜兮兮的表情给我，说："我被人骂了。"我颇为惊讶，陈先生最大的优点就是脾气好，天生一副好人脸。

"怎么了？"我问他。

陈先生有点儿迷糊，说之前不知怎么的，他把手机的充电器给弄丢了，便向班里的一位中国女生借了一个。那日他买了新的，想顺路把旧的还给那位女生，于是给她发了一条短信："你在家吗？我顺路把充电器还给你。"

结果不多时就收到了女生的短信："我是她的男朋友，我警告你离我女朋友远一点！不要再来骚扰她了！"

陈先生瞬间愕然，连忙回忆自己有没有骚扰对方，可怎么想都没有发现与对方有任何过从甚密的举动，除了借个充电器和偶尔问几句作业之外。后来问了一圈朋友，才知道只要跟那位姑娘有过接触的，哪怕就是一句节日问候的男生，通通收到过这条"警告"。

过了几天，姑娘在学校遇见陈先生，很不好意思地跟他解释说，她是与男朋友异地恋爱，前几日男友从国内来看她，检查了她的手机，男友很担心她移情别恋什么的。他上次发了这种短信真是不好意思。陈先生说没事。

"他就对自己那么没信心吗？"陈先生问我。没过多久，听说那位姑娘因为男友"管太多"而和他分手了，意料之中，也是情理之中。

之前有个段子，说看到自己女朋友和别的男生聊得开心，你该怎么办呢？你不能在她的朋友面前做出一脸不高兴的样子，而是该小声对她说："你出来一下。"等她出来以后，把她抱住狠狠地吻她，对她说："你是我的。"当然，我一直觉得，这种操作手法能否成功取决于男生本人的综合素质，不然很有可能会挨一巴掌"你有病吧"。不过，这个段子里有一个中心意思很明白——不能让她丢脸。


人活一世，到老了还要讲名誉，不然也不会有人因晚节不保而郁郁而终。太多的人讲究脸面，而情侣之间，除了给予彼此的爱护之外，也需要注意给对方留面子。

有件颇具细节的事，是分别听了两个朋友说起的，不过很巧的是，这两件事都是关于埋单。

A先生有次约几个朋友一起吃饭，那段时间他刚丢了钱包，银行卡正在补办。他带了五百元现金，女友看到了，又从自己的钱包里拿出了五百元给他，说："今天是你请人家吃饭，稍微多准备一点儿，万一不够会很尴尬。"然后挽着A先生，两个人高高兴兴地出了门。A先生后来对我们说起这事，觉得女友当时的举动让他很感动，许是因为她的贴心，让他保全了面子。

另有一次，B先生过生日，请我们几个朋友吃饭，结果埋单的时候发现钱没带够，少带了一百元。饭店不能刷卡，最近的ATM机也要过好几条街。B先生跟女友说借我一百元，B先生的女友皱着眉头，一脸不情愿的样子从钱包里掏出了一百元，拍在了B先生的面前，嘴里念叨着："什么男人啊，连一百元都没有。"场上的气氛一下子变得十分尴尬，B先生的脸涨得通红，想要发作，但顾及我们，又忍住了。那次饭局之后，B先生与女友为了这一百元大吵一通。


总有一些毒害人的句子说："男人应该包容女人的无理取闹，理解她的小任性，原谅她的超级占有欲，因为你知道，她是爱你的。"还有一些说："男人对你的霸道、强硬，有一些大男子主义，是他爱你的方式。"让人看得不禁为编者的智商着急。

由小及大地说，在外人面前尚且如此，那独自相处的时候，又怎么会真的知道体谅和关怀呢？面子是件小事，但是你愿不愿意给对方面子，则是一件大事。互相开个小玩笑或许无伤大雅，但是自己心里应该有一些尺度，知道什么玩笑可以开，什么不可以。

　　"给面子"的背后是尊重，是体谅，是关心，也是体贴。

　　其实爱一个人，应该给他或她一个更好的世界，让对方活得更体面，从外在到精神。

　　一对恋人，本就是相辅相成的，予人体面，也是予己体面。

PART

Ⅳ

当我终于
失去了你

# 时间救不了所有人

在我讨厌的事情清单上，"两个相爱很久的人突然分开了"一定可以名列三甲。偏偏大多数人，还要宣称说"祝你幸福""祝你找到一个比我更好的人"。明明在电脑屏幕后面哭得说不出话，却还要拼尽全力装出洒脱的样子，真是让人既想笑他们幼稚造作，又不禁为他们感到惋惜。

一对我认识但不太熟悉的情侣，曾经信誓旦旦地说，毕业以后就打算结婚。很久不联系，有一日，突然看到了女生发的状态，感慨光棍节要来了却孤身一人，方知他们已经无声无息地分手了。还将几年不变的情侣头像，换成了微博名字，清理干净了对方留下的蛛丝马迹。

在她的状态下，她的朋友回复说："没关系，过段时间就好了。"

她说："嗯，会的。"

如果世界上有一种最简单的职业，那一定是朋友失恋时的心理医生，任何人都可以随随便便开出"时间"这张万能处方。我们都觉得"万能的热水"是个笑话，殊不知，"万能的时间"也是如此。几年前，《失恋33天》大热的时候，有人说，黄小仙爱陆凡七年，但是忘了他只用了33天。这33天其实并未让黄小仙忘了陆凡，只是让她变成了一个黄小仙2.0版本，变成了一个不再为了陆凡，而是为了更好的自己而活着的人。

我曾经遇到过一个女孩子，两任男友都因为性格上的一些矛盾和她分手，让她备感挫败。她曾说："我以为我和第一任分手那么久，我应该已经忘记了，可是现任和我提分手的时候，我才发现，原来我比第一次被甩还要难过，那些第一次分手时的记忆都涌了上来，感觉自己就像是一个烂人。"

她所做的，不是去想分手的真正原因，而是靠时间来消磨自己的难过。当她遇上了后来那一位，她能赌的只有运气。

任何一段失恋后孤独的时光，如果没有让你长大，那你就浪费了那些辗转反侧的夜晚，以及那些难捱、窒息的情绪给你带来的苦难。当有一天，你再度面临相同的境况，你只会变得越发糟糕。

时间并不能拯救那个难过的你，可以拯救你的，只有你自己。时间所做的，不过是让你麻木、让你习惯，但是无法让你放下。有些事，如果可以想通，一秒就是所有；有些事，如果一生想不通，一生亦是禁锢。

　　你真正需要的，是在时间里学会长大，从中得到一种自我治愈的能力。而这一切，与光阴长短无关。

# 我说你是，我们谁都是

我和一胖是发小儿，认识十来年。十年间的故事里从来都只有我欺负他，然后他哭着喊着跑去找老师告状。我和一胖曾是同桌，在我初中的三个同桌里，一胖不是最牛的那个，不过也能排个第二。最牛的那个在清华大学，直接攻博。比较不牛的那个成绩也不错，长得帅，是许多学妹心中的男神。一胖没那个不牛的那么帅，没最牛的那个成绩好，不过也不错，某名校保研，比我是好多了。因此给他一个第二名。

我以前讨厌一胖，最大的原因是他嘴欠。我嘴也欠，但他比我还欠，这就不能忍了。我那时候胖，可是特讨厌别人说我胖。一胖知道这点，就不停地说。此外，他不仅嘴欠，还贱。冒充我们班一男神给倾慕男神的小学妹写情书，害得那小学妹在我们班教室门口期期艾艾了很久，引得一群"初三的大哥哥大姐姐"一看她就笑，也不知道她有没有落下心理阴影。

一胖对风油精过敏，一闻就腿软，效果堪比蒙汗药。我讨厌他，就趁他不在的时候往他茶杯里下风油精。一胖回来以后打开杯子喝水，一闻到味儿就不行了。他哆嗦着把杯子扔了，然后怒视着我。我一脸无辜地看着他，他也回瞪着我，没过多久，一胖就败下阵来，叹着气摇了摇头。后来有一次我们为了小事吵了起来，我一生气，就把一胖的书包从四楼给扔了下去。一胖这下急了，跑到楼下捡了书包，就冲到老师办公室里告状。

初中时的班主任是个东北汉子，其实和我们关系都不错，操着一口东北味儿的普通话问我："杜××，你为什么要把×××的书包扔下楼啊？"我一脸理直气壮："老师，×××不好好做值日。"现在想起来，当初真傻。更傻的是直到现在，他对这事儿还念念不忘，经常跟我念叨："你给我等着吧，你以后有了娃，我一定跟他说，宝宝啊，你妈以前把舅舅的书包给扔下去过。"

我冷笑一声："我儿子肯定会问你，一胖舅舅，是不是你太贱了啊？"

我忘了之后是如何与一胖成了好朋友，直到现在的。不过人和人之间可能就是那么奇妙，有的一开始好得如胶似漆，最后也就不了了之了。而我和一胖倒是正相反，弃暗投明。

一胖不是一直胖的，上了高中之后，一胖也瘦下来了。平心而论，一胖长得还不错，说不上帅，但是也挺清秀。一胖有个女朋友，和我关系不错，谈了挺多年。可一胖这人有个毛病——花心。借着那算得上清秀的脸，也和不少妹子搞过暧昧，我赠他一个外号：黄浦小霸王。每次他一开始勾搭新的妹子，女朋友就会和他吵，就这样吵了许多年，后来也就不吵了，索性随他去了。分分合合的，说不上好，也说不上坏，结果高考过后妹子给我打电话，说俩人掰了。

我一下就蒙了："什么叫掰了呀？"妹子干笑了一声，就是分手了呗。我说好端端的干吗分手啊？妹子问我说："你觉得我们这些年真的算好端端地过来的吗？"

我张了张嘴半天没说出话来，心里头都瞧不起自己。

"说话啊！你不是挺能说的吗，干吗不说话了？"可还是没话说，就支吾着对妹子说，这么多年不都过来了吗。说真的，这话说出来我觉得自己都不是人，是你的话，你愿意自己的男朋友在外面瞎勾搭啊？妹子不说话，我说算了，我先给他打个电话吧。

我刚挂了电话，一胖的电话就来了，一接起来一胖就问，渡渡，你知道吗？她和我分手了。我没好气地说，我知道。一胖慌了，是真慌了，问我说怎么办。我心说，你现在不知道怎么办了，你早干吗去了？

一胖半晌没吱声，他这人就这样。一不说话就说明在想事情，不然嘴巴根本就没个停的时候。过了很久，他长长地叹了口气。

他有没有挽留，我没问原因，他也没有说，妹子高考后就出了国，两个人再也没了联系。上了大学以后，我喜欢上了一个汉子，为这事纠结了良久。大一那年的光棍节，一胖给我打电话找我出去喝酒，我们两个人半夜坐在中学门口的马路牙子上，一人拿了一罐百威啤酒。一胖瘦了，他鄙夷地看了我一眼说："你真不像个妹子。"我白了他一眼说："你今天第一天认识我？"

一胖穿着合体的衬衫和休闲裤，一副青年才俊的模样，可是不能开口，一开口就不行了，他狠狠喝了一大口啤酒："我又泡了个妞儿。"

"噗！"我一抹嘴角的啤酒沫子，"这才多久啊，富帅就是富帅。"

"你嘴里能有点儿好话吗？"一胖显然对我这种不以为然的态度很不满，"难怪追不上男神呢。"

我："……"

一胖说："我还想过追你呢，后来想想算了，你比我高。"

我："……傻吧你。"

一胖很深沉地瞅了我一眼："逗你的，老子不喜欢男人。"

一胖有了新妹子以后安分了很多，至少勾三搭四的事情不怎么干了，一胖夫人对一胖很好，情深似海，也黏他。一胖对"一胖夫人"也好。但是怎么说呢？不得劲儿。和一胖还有"一胖夫人"吃了几次饭，总觉得有种说不上来的奇怪。后来，我才知道是眼神，一胖看"夫人"的时候有种关心的神情，像是责任、像是义务，一板一眼、一举一动就是教科书上的恋爱范本，可是激情呢？怜爱呢？像是哥哥对妹妹，不像恋爱。

波澜不惊地过了两三年，突然有一天，一胖问我："她怎么样了？"

我说："谁？"

一胖说："你给我少来，你心里知道我问的是谁。别忘了我认识你多少年了，你现在脸上这表情跟你当初往我杯子里倒风油精那时候一模一样！"

我："哇……你这人真记仇。"

一胖说："快说！"

我："有男朋友了，挺好的。"

一胖顿时就失落了，喃喃地说："挺好就好，挺好就好。"


妹子在国外的这几年里，我和她一直有联系，一胖知道，他也不问，我也不说。一胖已经从以前那个风流的胖子变成了一个勤奋的工科男，开口闭口GPA成绩点数与学分的加权平均值、奖学金，无数次勾起我拿盘子给他脑壳砸出一个凹面的冲动。去年冬天的时候，我和一胖去吃麻辣锅，他"夫人"没来。我去端盘子的时候手机扔在了桌上，回来时发现一胖拿着我的手机看得出神，我抄起筷子就往他头上一敲："拿人手机，手贱！"

一胖把手机还给了我，脸上的神色很是难测，我拿过手机一看，是妹子的微信："下周一回来，要我带什么不？"我顿时心底一阵狂喜，呵呵呵呵满天飞。

"得了呗，你也有她了，她也有他了，你们的剧情都落幕多久了，别一脸悲凉了。"

工科男一胖很严肃地说："我还爱她。"

我吃着麻辣锅里的里脊肉，头也不抬地说："我知道。"

"我这么多年一直都没忘记过她。忘不了她和我吵架，她给我买吃的，也忘不了那时候她抱着我，在我耳边叫我小胖子。她跟我提分手的时候我都快疯了，你知道吗？但是我就是个浑蛋，做了那么多缺德事。我去求她别分手，可是她冷冷地跟我说她已经累了。你知道吗？"一胖一口气说了许多话。

我从麻辣锅里抬起头说："我知道。她跟我说了。"

一胖低头不语用筷子在锅里翻了半天，然后哀号起来："×！里脊肉呢！"

我拿了张餐巾纸淡定地擦了擦嘴："我吃完了"。

一胖那天哭了，这是我们认识那么多年以来，他第二次在我面前哭。第一次是初二那年，我扔了他的书包。这一次我也不知道一胖为什么会哭，大概是为了妹子，也大概是为了我吃完了他的里脊肉。不过，或许最好的解释，是那些我们人生中再也回不来的感情和再也找不到的人。

我们总是这样，浪费了时间也浪费了感情，最后再花更多的时间去后悔。

我跟一胖说我吃光你的里脊肉就想让你明白这个道理——劝君莫惜金缕衣，劝君惜取少年时，有花堪折直须折，莫待无花空折枝。

一胖泪眼婆娑地说："滚，你就是个浑蛋，我也是个浑蛋。"

妹子回国以后和我见了一次面，相谈甚欢。我们谁都没提一胖。过了两周，妹子又回去继续上学。回去那天，我收到两条短信，一条是一胖发来的："我在机场，她离开我的时候没能留住她，就让我再送送她。" 还有一条是妹子发来的："我在机场看到一胖了，他瘦了，你让他多吃点儿。"

一胖后来还是和"夫人"分手了，不是因为妹子。不过一胖说，也许有一天他也会像怀念妹子那样怀念"夫人"，但是谁知道呢？现在他可以做的，只是他现在认为最正确的事。管他呢，他说自己就是个浑蛋，还是个傻子。

我说你是，我们谁都是。

妹子也好，"夫人"也好，都是一胖心里的明月光、红玫瑰。那些我们曾真正爱过抑或爱过我们的人，都在我们心里温柔地存在着。拿一句老话来结尾吧：当你不再拥有的时候，唯一可以做的，就是不要忘记。

# 拥抱的意义

　　D小姐一直是个短发姑娘，可是她的男友E先生，偏偏喜欢长发的女孩。D小姐很喜欢E先生，于是就决定把短发留长。可是头发哪儿是说长长就能长长的，E先生提出分手，来得远比D小姐的长发要快许多。

　　E先生和D小姐分手，不是为了头发的短长，却也和头发有些关联。那时，D小姐和E先生并不常有时间见面。两个人的联络方式，只有短信和电话。

　　恰逢此时，E先生在网上认识了一个长发飘飘的姑娘，长发姑娘对E先生很有好感，在甜蜜而温柔的攻势下，E先生很快败下阵来。他发现自己不知不觉地喜欢上了长发姑娘，长发姑娘会对E先生撒娇，会故意耍耍小心机。他沉浸在其中无法自拔，每天从起床说早安开始，和姑娘聊到晚安入睡。

当长发姑娘一勾，E先生的魂儿也自然就那么跟了过去。而可怜的D小姐，就这么不知不觉地被挖了墙脚。

E先生给D小姐发了一条分手的短信，说对不起他不爱她了，然后关了机睡觉。一个小时，后门铃响了，他迷迷糊糊地起床开门，发现D小姐流着泪站在他的门口。看到D小姐可怜兮兮的样子，刹那间，E先生心里有点儿愧疚，此时D小姐对他的好都涌了上来。

以前，只要他说饿了，D小姐都会给他买早饭、夏天的时候，会捎给他冰激凌。有一次，他抱怨写不完作业，是D小姐，半夜不顾自己在发烧，为他写了几千字的报告。D小姐对他太好了，好到他不知道该怎么回报。

可是一想到长发姑娘，那甜蜜的长发姑娘，早已经为他织好了温柔乡，E先生还是选择了狠心。大概在旧爱新欢中，如果一定要伤害一个的话，男人大多都会选旧爱吧。毕竟，旧爱如果还爱，又怎会有新欢？

D小姐跨越了大半个城市才找到了E先生的家，她不知道自己又做错了什么让E先生生气，她也不知道为什么以前脾气还不错的E先生近来如此暴躁无常。我们总说，如果心变了，怎么会不明显。而爱情里的人，即使知道了、感受到了，可是不愿意相信，又能有什么办法？

"我做错了什么，我改好不好？"D小姐哭着问他。

E先生僵硬地站着，不知道该怎么回答："我不爱你了。"他只有这个答案，"移情别恋"这四个字，他也不敢说出口。

D小姐猛然抬头，盯着他看："你是爱上别人了吗？"

E先生很慌乱："没有。"他否认着，脑海里却都是长发姑娘的样子。

D小姐手足无措地站着，不知道该怎么继续这个话题，难过这种情绪霸占着她的脑海，让她说不出话来。

"我很难过，你能不能抱抱我？"

E先生犹豫了一会儿，轻轻地抱了一下D小姐。她的眼泪沾在他的衣服上，两个人都没有说话。

那天，E先生放开了D小姐，把她扔在了陌生的街道，一个人头也不回地走了。他不知道自己如果回头是不是会让自己也更难受。有时候并非先离开的人就一定会好过，E先生太懦弱，他不敢面对D小姐，也不敢面对自己。


最后，长发姑娘并没有和E先生在一起。那些甜蜜的、若有似无的话，只是她说话的惯性。长发姑娘说她觉得E先生是个有趣的人，可并不是一个有趣的男朋友。"对不起，E先生，我一直把你当朋友。"

原来，世界跟他们都开了一个大大的玩笑。

很久以后的一天，依旧单身的E先生在QQ上问起D小姐过得还好不好。D小姐顿了顿，说："还不错，你呢？"

E先生苦笑着说这几年过得并不是很快乐，言语之中有了些萧索的味道。

"其实长发姑娘的事，当初我都知道。"D小姐道。

E先生不知道该怎么说下去，发了一个苦笑的表情。

后来，D小姐给E先生发了一条微信，是五月天的《拥抱》。

E先生单曲循环了一整夜，有太多的话想说，却不知道如何开口。他想到那天，D小姐的眼泪，以及那个拥抱。

"等你看清楚我的美，月光晒干眼泪。"


这个故事并不需要结局，如果D小姐尚且欠着E先生什么的话，也只有一个拥抱了。D小姐明白，E先生也明白。他们不再会成为彼此依靠的肩膀，不会再回到过去给对方力量。而那首歌里的安慰，就像分手时E先生的拥抱一样。

起于有情，亦终于无情。

## 没事，我吃饱就好了

A小姐和C先生在一起的那段时间里总是吵架。吵架的原因大多很简单，无非是C先生苦着脸找A小姐，抱怨脑残的老师又故意和他过不去让他挂了科；无非是C先生又和家里人为了些小事吵架。一开始，A小姐也很有耐心地陪着C先生一起骂老师，可是后来，时间久了，A小姐也就没那个兴致了。她哀其不幸，更怒其不争，怎么各个老师都看你不顺眼，让你挂科呢？怎么你爸妈总是骂你呢？真的是你没有一点儿问题吗？

后来C先生再来抱怨的时候，A小姐就忍不住这么问了。结果C先生一下子生气了，两个人争着争着就吵了起来，此后一发不可收拾，吵架成了常态。每次吵架的时候，A小姐总是先说几句，然后就什么都不说了。C先生一听电话那头安静得可怕，就知道A小姐是真的生气了。A小姐一生气，C先生倒是服软了。

"我们不吵架了好不好？都是我的错，你不要生气了。"

"……"A小姐不说话，打死都不开口。

C先生一顿哄，连网上的那种"我给你买衣服""我给你买包""我们去看电影"的招数都用上了，可是A小姐还是像断电了一样什么反应都没有。

"你不要生气了，我们去吃好吃的好不好？"C先生突然灵感闪现。电话那头还是没人说话，但是终于听到了一点儿动静。C先生赶忙加码："我们去×记吃你最喜欢吃的虾饺，那皮儿薄馅儿大虾仁弹牙想想就馋人。听说那里新出来个咖喱牛腩可好吃了，牛腩酥软咖喱有点儿奶香，满满一盆还不贵。我们再点个老火例汤鲜甜温补。对了对了，你不是爱吃烤乳鸽吗？那家的烤乳鸽和玫瑰排骨也很棒。尤其是玫瑰排骨，真是一绝，那……"

"不要烤乳鸽，我不爱吃。"A小姐说。听到A小姐说话了，C先生如释重负地笑了。他知道这茬儿可算过去了。人说对症下药，什么叫对症下药？就是对付吃货，还得拿吃的来哄。


C先生和A小姐的分手来得很突然，突然到C先生措手不及，而A小姐就这么突然消失在了人海里。A小姐刚提分手的时候，C先生不以为然，以为女朋友只是闹闹小性子，拿几顿吃的哄哄就好了。旁边的朋友也撺掇他说女人不能老是这么惯着，得晾。C先生就这么不以为然地把A小姐给晾了一天，第二天晚上他给A

小姐打电话的时候，A小姐不接，他才意识到了事情的严重性。

C先生打电话给了A小姐的室友，让A小姐接电话。A小姐接了，听到电话那头熟悉的声音，C先生都快不知道说什么好了，开口第一句必然是："我错了你别生气了，我们不分手啊。"

A小姐这次却很干脆地说："这次不是你的错，是我的问题，我不爱你了。"

"怎么说不爱就不爱了？上礼拜还好好的呢。"C先生急了。

"我累了。我不想这样继续了，我们没有结果的，我真的厌倦你了，我真的不爱你了，我要说的也就这些。"

电话挂了。


C先生就坐在那里一根又一根地抽着烟，他不知道哪里出了问题。在他看来，吃货的A小姐每次生气只要一顿美食就哄好了。有时候是虾饺，有时候是炸猪排，有时候只要校门口的一个手抓饼、便利店的一个"可爱多"。每次他给A小姐买吃的时，A小姐都不会再提之前吵架的事情，他也以为什么都会过去。

可是C先生从来都不知道，美食可以暂时安慰A小姐，却没有办法给A小姐带来她和C先生的有关未来的期望。一开始，C先生带着她去吃好吃的蛋糕、美味的意大利面、街边的生煎、深夜的黑暗料理，她以为这就是生活。后来，她每次深夜伏案做着自己永远都做不完的工作时，她都害怕接到C先生充满抱怨的电话。

她不由自主地在那些工作和忙碌的生活间隙里开始想着未来，此刻她才发现，原来每一次对C先生的失望，都深深浅浅地留在了自己的心里。她开始沉默是因为她不知道面对C先生还有什么好说，她一次次地鼓励他好好面对生活，却换来他暴躁的一句"无聊"。最后，"我带你去吃好吃的"便成了制止冷战的工具，而A小姐，再也没有从那些食物里得到快乐。

C先生邀请A小姐一起去吃一顿分手饭，却被A小姐拒绝了。A小姐说，对不起，她不想见他了。

很久以后的一个深夜，C先生肚子饿了，便一个人去了那家卖虾饺、咖喱牛腩、玫瑰排骨的小店，店里还是灯火辉煌、人来人往，C先生坐到一个双人座，点了他和A小姐第一次来的时候一样的菜。他一边吃一边百无聊赖地看着微博，A小姐更新了一张她自己做的蛋炒饭的图片。照片里放着两双筷子，不用太多解释，C先生也知道了什么叫作物是人非。

那个晚上，C先生和A小姐就在这里面对面地坐着，A小姐一边喝着汤一边冲C先生笑。C先生给她擦了嘴角，忧心忡忡地问她，要是我毕不了业怎么办呢？要是我们以后买不起房怎么办呢？A小姐很认真地拿着汤勺对他说，两个人只要愿意一起为了未来努力，就算只能吃青菜也会觉得很幸福啊。

A小姐现在大概找到了一个愿意和她一起为了未来努力的

人吧。

C先生拿着汤勺喝着汤，眼泪却不由自主地落了下来，他一直以为是A小姐不要他了，现在他才明白，是他丢了A小姐。这世界上的太多事情总是看着风平浪静，却突然就那么分崩离析，每一次吵架不去想为什么会吵架，那么终有一天就会告别。美食有治愈的能力，可是心里的沟壑万千，又怎么能一顿饭就可以填平呢？

"叔叔，你怎么哭了？"隔壁桌玩耍的小女孩好奇地问他。

"叔叔没事，叔叔吃饱了就好了。"

# G小姐的爱情故事

　　前几天，G小姐来跟我说，她和刚在一起没多久的男朋友分手了。因为对方和一个姑娘滚了床单。

　　G小姐和男友——哦，不，现在该称呼其为前男友了——是高中同学。读了大学以后，男生去了另一个城市。几年之后的这个暑假，他们刚刚在一起确立了关系，算是蓦然回首，那人却在灯火阑珊处的剧情。G小姐是奔着安定去的，想和男朋友好好过日子。

　　G小姐是个挺传统的姑娘，在男朋友提出想滚床单的要求后拒绝了他，觉得发展太快，自己心理没准备好。没想到开学以后没多久，对方就打电话来说："对不起，学校这里有个喜欢我的妹子，天天在勾搭我，我一时没把持住……"

G小姐很郁闷地问前男友，是不是我跟你滚床单了，你就不会和她在一起了？前男友说："是，因为这样我对你就有责任感了。我跟她在一起那儿久了我也割舍不下她。但是你放心，我和她毕业以后不会再在一起的。"

G小姐问我说："他是什么意思？"

"呵，是让你安安心心当好备胎，洗白白、洗香香等着他的意思。就是他在那里需要有人解决生理需求，又要你保障他的未来的意思。

什么叫"渣男"呢？这就叫渣男了。家里红旗不能倒，家外彩旗不能少，一嘴的荒腔走板，把出轨的责任往姑娘头上一推。"谁让你没满足我？"把姑娘一下给搞蒙了，哼，拍拍手，齐活儿。

什么叫"笨蛋"呢？笨蛋就像G小姐接下来说的那句："早知道我就应该暑假时候答应他了。"蠢和善良是两回事，都已经看到了教训，还执迷不悟，这已经不是一个蠢字可以说明的了。

想用身体来留住男人的女人，简直就像想用点名留住学生的老师，无药可救。

以前有个姑娘跟我一直说，她的男朋友是多么多么人渣、多么多么不好，而且还会打她骂她，种种行径让人瞠目结舌。她有时候还边说边哭，我见犹怜。一开始，我觉得很同情她，后来我听多了，实在是有点儿累了。于是我终于问出了我的终极问题："既然他这么不好，为什么你们还不分手呢？"

她默默地说："因为我和他发生过……"

我说："好吧，别说了，我懂了。"


总有人觉得，在年少激素爆棚的时光，两个人愉快地滚着床单，交换体液就是爱情了。听过无数荒谬的理论类似"我都和他上过床了，他怎么可以和我分手？"还有就是"是啊！那个男人对我很烂，他还花心、还傻。可是我和他睡过了，所以我不舍得和他分手"之类的。真是不知道让人哭好，还是笑好。

你想用身体留住的爱人，迟早有一天也会被别人的肉体给勾引走。没有精神上的互相印证，哪怕你身材再曼妙，吸引来的不过也只是登徒子罢了。我并不认可女孩子生活糜烂，毕竟糜烂最后，受害的只是自己。只能说，单身时候的自爱是爱自己，有对象时候的自爱则是对爱情的忠诚。

可能很多人不能接受把性和爱分开。我并不认同把性关系当作爱情的保障，例如我们"啪啪啪"过了我就得爱你。

这个理论应是恰恰相反的：因为我爱你，所以我不会去和别人做出轨的事情让你伤心。

# 相濡以沫，不如相忘于江湖

N和他的前女友是在丽江认识的，后来相恋，同居，一起在那座又小资又文艺的小城生活了五年。

就在N回到上海准备开公司，打算2011年结婚的时候，对方却突然提出了分手。

他昨日说："我给你讲个故事吧。"我说好的。

几年前的一天，她说胸口疼，他陪她去丽江人民医院检查，CT结果出来以后，发现胸口长了一个直径五厘米的东西。

丽江的医院太小，没有办法确诊。他带着她去了昆明。医生检查出来是血管瘤，离心脏很近，很容易破裂。

他陪她回丽江，和她的家人商量，他坚持要做手术，可是她家拿不出那么多钱。

无奈之下，他盘掉了经营不错的店面，陪着她去昆明做了手术。

　　N说，他一辈子都忘不了那个手术的过程。

　　只有他一个人陪着她，在手术室门口从早上八点一直等到晚上七点。

　　下午三点的时候，医生走出了手术室，说肿瘤已经取出。四点的时候她大出血，医院下了病危通知书，让他签字。

　　直到晚上七点，她才被推了出来，手术刀从腋下开了一个十厘米的口子，取掉了一根肋骨。

　　我说："然后呢？"

　　"她现在已经痊愈了。"


　　N沉默了一会儿。今年二月她结婚了，给他发的请柬。他没有去，但送了一个红包。

　　然后他问我："你说，她那么做，究竟是什么意思呢？"

　　我说："也许，她只是不愿意你忘了她。"

　　N给我发了一个苦笑的表情。

　　男人的一辈子绕不开的无非是三件事：钱，女，友。


　　似乎比起坚决地离开，所有的女人都要比男人显得更为拖泥带水，也更喜欢藕断丝连。

当我终于失去了你　　**129**

哪怕知道自己一定要走，但是还是忍不住，要回头看几眼。直到自己真的死心了，淡忘了，或者真的又幸福了。

这并非是她还有多爱他，只是她们都希望自己被人记得。

"你可以不再爱我，你也可以放下我，但是请你不要忘记我。"

这，大概就是为什么前女友是所有现女友公敌的原因之一。

那种若有似无的牵连，有意无意的联系，不管是为了什么目的，却总是逃不开自私两个字。

有些无奈，让人无法去爱，却也没有办法恨得自私。

对于很多前女友来说，她们怕的不是"你不再爱我"，而是"你没有爱过我"。

我突然明白了为什么半夜接到的哭诉电话，女孩难过的不是分手这事，而是男生没有去挽留。

你要折磨一个人，背叛比分开更伤痛，冷漠比争吵更会让人痛楚。

你不想再纠缠，就不要和她好好谈，不要和她讲道理，而是什么都不解释，直接挂断电话。

终究一段感情所不断重复的，无非就是提问，提问，再提问，得到回答，证明自己的存在感，然后又重复。

在一起的时候，每日追问你是不是爱我，分开以后你是不是爱过我。

都一样，是谁都逃不开的一个结。

就像之前人人网上的那个去问前任三遍你爱过我吗的帖子我身边的很多姑娘，就真的这么去做了。

其实你再仔细问自己一句，你这么问，又有什么意思吗？或许你就会放弃了那个念头。

但是她们更注重的，是想要一个答案，一个证明自己存在过、重要过的答案。

这些看起来很傻的事情，却难免有人一而再，再而三地去做。

虽然，我们都明白，即使曾经相爱，如今也是不爱了；即使还有感情，但是也早就没有了继续走下去的动力。

疲累也好，唏嘘也好，我们不难发现，当初我们以为不会分开的人，后来却踏上了各自的旅程。


我们曾经觉得温馨和美丽的故事，最后也难逃脱那个悲伤的结局。

也许只能说，那些年，我们都曾遇上过一个人，我们都以为，对方是对的那个人。

而那些年，向来情深，却敌不过奈何缘浅。

有人问，你还记得你的前任吗？你还爱你的前任吗？

我想，如果真的爱过，是不会忘记的。只能说，很感谢他陪我走过那些年。

但是现在，已经谈不上爱或者不爱了，毕竟，爱过恨过，伤过痛过，最后都淡了。

那个人就像是我们在路上曾经撞到过的一根电线杆，当初的痛如今已经忘记了，而那根电线杆，却一直都在。

我不会去问我的前男友，你还爱不爱我，你还记不记得我。

不论答案是什么，对我们来说，都是一种残忍。既然已经分开，就不用再去拆开时光缝上的线。

我想，这也是一种尊重吧。爱或者不爱，记得或者不记得，都在我们的心里。

只希望从今以后，你可以好好过，我也可以好好过。

我会忘了你，你也会忘了我。

忘记不是不再记得，而是放下。

至此，相濡以沫，不如相忘于江湖。

# 祝你幸福

今天和妹子聊天，我说我钱包的拉链坏了，想去换一个新的。她说她也要买个新的。

我逗她："你的拉链也坏了？"

她说："不是啊，那个钱包是ex（前任）送的，现在想想，还是算了，别用了。"

我记得那还是好几年前，在一个深夜的KTV里，我看着她"哇"的一声哭了出来，然后抱着我说"我们分手了"。

在那次分手之后，她的男友又后悔了，回头来找她，想要复合。她拒绝了。问她为什么，她说没意思。

之前人人网上流行给前任发三遍"你还爱我吗？"的活动，她不知道怎么想的，居然也去给他发了。

他回了三个"爱"。可是她说："对不起，我只是玩儿个人人网上的游戏。"

最近他还是频繁地找她，直到她下定决心把他找出来摊牌——对不起，我们没有机会了。请不要再联系我了。

我问她，那个男生是什么表情。她说，快要哭了。

后来听她说，他发来了一条很长的短信，说以后会删了她的手机号，不会再来烦她了。

我说："他是不是说，虽然他还是很爱你，但是你既然下定了决心，他就不会再来找你了，也许以后你们都会遇到一个合适的人，然后过一辈子，但是你一直在他心里。祝你幸福。"

姑娘很讶异地问我说："你怎么知道？"

我说："猜的。"

另一个朋友也是一样，爱一个女孩爱得死去活来，最终却没有好结果。上次有人问他去年最值得纪念的一天是什么日子。他说了一个日期。普普通通，不知道有什么新奇。

后来才知道，原来是在那天他把那个女孩又重新追到了手，可惜最后他们的结果还是没有然后。

前不久他说，他今年把妹子的生日都给忘了。但是真的忘了生日又怎么样，他还不是一直在想。

他说她以后一定会很幸福的，他会一直祝福她。

呵，这世上，要么别想，要么别放。


假期之前，一个哥们儿和女朋友分手了。

其实他一直挺难过的。有一次一起吃饭的时候，他说那个女孩又给他打电话了。

他对那个姑娘说："以后不管有什么事情，都可以来找我。"

他没说"我们重新在一起吧"，她也没有说"我们是不是还有机会"。

大概在他说出那一句话的时候，他们中的某种关系，就突如其来地断了，然而，藕断丝连。


我很喜欢的一个女孩之前转发了一条状态：还记得那个当初为了爱一个人连自己都不要的时候吗?

她说：还记得，只是以后都不敢了。

我莫名地有些想笑，记得她当时整个世界都是那个男孩，每天写的日记，都是他们在一起的点点滴滴。

为了他的不安定，为了他的小情绪，她笑过疯过，拼尽全力，她哭过闹过，撕心裂肺。

那时候的她是个小疯子，然而在他们分开之后，她却突然安静了下来，一下子成熟了，长大了。

他后来有许多次回头来找她，都被她拒绝了。有一次我很好奇，就问她："你有多爱那个男孩呢？"

她说："一辈子都忘不了了。但是，却再也不会在一起了。我希望他可以好好的，我也一样。"

如果曾经的甜言蜜语都化为泡影，如果所有的山盟海誓都烟消云散。

当你开始明白，人生若只如初见。当你开始懂得，所有你所后悔的，却可惜当时只道是寻常。

我也曾经努力，想要和你好好生活，我也曾经相信，我们会在一起死生契阔，与子成说。

今天看到一个问题，在问如果用文言文说我爱你该怎么说。

我看到有一个人写：相顾无言。是的，当最后不知道该怎么说时，也许太多的话和情绪，不如不说。

对于分手的男女来说，当你的幸福不再是由我来给时，我可以做的只剩下祝福。

明明不舍却还要假装倔强，明明难过还要勉强微笑。

请原谅我并不够洒脱，在离别的时候依然有话要告诉你。

"祝你幸福！"

这是最后的"我爱你"。

# 等待，是谁都负担不起的未来

买鲷鱼烧的时候，售货小姐说："对不起，要等八分钟可以吗？"

买摩提的丸子，售货小姐说："请等十分钟以后再吃。"

随便看看，哪里都是排队的人。

无论你是谁，淹没在人海里，也是等待的一员。

买东西可以等，坐车可以等，什么都能等。

可是，爱，能不能等？

忽然又听到了谁看到了谁的背影，忽然又听到了谁在分别后不肯离去。

忽然又听到了关于等待的故事，一个人愿意等下去，一个人等不及就抽身离去。

忽然，又看到谁写的："对不起，我不等你了。"

等一个人是一件很辛苦的事情。


如果只是辛苦，那也就算了。

可惜的是，变数太大，前路太险恶，也许明天就是阳光灿烂，可今夜的狂风暴雨，有多少人挨得住？

更何况，等来的，一定会像想象的那么好吗？

拖延，是这个世界上最厉害的拒绝。

不说爱你，也不说不爱你。自以为这不会伤害你，但其实这是最可怕的伤害。

他对你好，好像对你心动。可是当你靠近，他又举起安全距离的大旗。

这样的人，还是远离吧。


何必纠结，他们找的不过是一个爱的感觉，欣赏你皱眉心酸的小模样。

也许，你也需要他给你的温暖，可是，又何必动心。

你还在等吗？

不如别了吧，走了吧，再见吧。

分开了，更不要等。

转身的那一瞬间，无论前尘多少往事，都化作了云烟。

他不是过去的他了，你也不是过去的你了。人生不可能永如初见。

过去的回不来，回来的不再完美。

这个世界上最痛苦的一件事不过就是一切都结束了，你还沉浸在甜蜜的回忆中自欺欺人。

要回来的人，一开始就不会走。会走的那个人，不如当他没有来过。


王宝钏苦守寒窑等了薛平贵十八年，等到了，是她的幸运。

这个世界上有多少人能有这样的好运气？这个世界上，又有多少人值得你这么等？

如果他爱你，他不会让你等，因为不忍心。

如果你爱她，那不要让她等，因为不公平。

幸福在路上，而不是等就能等得到的。

你要走出去，你要迎接它。

等待，是谁都负担不起的未来。

# 年华之外，各自珍重

H先生得知R小姐分手的传闻之后，打电话向我确认此事。

"听说R分手了？"他问我。

"你怎么知道的？"我颇为惊讶。

"听人说的呗，外加看她的状态，我就明白了。我猜是R提的。"H先生说。

"怎么了？你还喜欢她？反正你们现在又都单身了。"我说道。

"哈哈，不喜欢了。先挂了，有事。"H先生打哈哈，把电话给挂了。我放下手机没多久，看到屏幕又亮了起来，是H先生发来的短信。

"代我问候她，向她表达我最真挚的问候与祝福，她会找到属于她自己的幸福。"

后来有次和R小姐聊QQ，我把H先生的话原封不动地转述给了她，R小姐过了几分钟回我："嗯，我会的，也祝他幸福。"

H先生和R小姐曾有过一段长达数年的感情，分分合合好多次，最终在H先生一次快餐式的出轨后宣告彻底终结。R小姐删掉了H先生的所有联系方式，扔掉了众多的纪念品，就连H先生跑来她学校找她，她也狠下心来闭门不见。

"对不起。可以再给我一次机会吗？"R小姐在和H先生分手之后，当着我的面，冷笑着把H先生的号码拉进了黑名单。

分手之后，H先生很快又找了一个女朋友，可是好景不长。在往后的几年里，H先生每次分手，都会喝个酩酊大醉，喊着R小姐才是一生所爱，然后迷迷糊糊地给R小姐打电话，可是每一次回答他的，都只有"对不起，您拨打的电话已关机"。

R小姐倒是单身了好几年，直到后来又遇到了一位男士，才又开始了一段恋爱。后来某次同学聚会，R小姐和H先生重逢，在同学的起哄下两人笑着打了个招呼。彼时，H先生已经有了一位据说"固定"的女友，当下见面，两个人都随着时间历练出来了一副心平气和的样子。只有他们自己才知道，H先生已经离开了R小姐的黑名单。

相爱过的人，大抵最后连恨都恨不起来。所谓"爱得越深，恨得越深"的人，或许是因失去的痛苦和不忿而误解了爱情。当初离开的时候，他们并没有说什么，连一句再见都没有。再次相见的时候，才发现那些曾经在心里转过许多次的话，早就忘记了。幸好的是，H先生和R小姐，都在积极地生活着。

11月真是一个糟透的月份，满耳听到的都是分手的消息。X是我朋友的男友，从他嘴里得知他失恋，居然无从安慰他。

几天之后他又来找我，说是与朋友深谈了一次，分开的理由无非是两个人的价值观不在同一个节拍上。X问我，这算是一个好理由吗？

我不知道该如何回答他，也许在我看来，分手从不需要理由，那些所谓的理由，无非都是借口而已。

那位朋友是个工作狂，亦是个女强人，可大女人的外表下是一颗大女人的心。她永远在拼命地追，永远在拼命地努力，也永远在害怕失去和得不到。X先生则是一个慢生活的人，他有能力，却想让自己生活在一个舒服的节奏里。两个人争吵的时候，可能都忘记了当初是如何认定对方的。

X先生抱怨了她许多次，关于她的快节奏。他并不喜欢她如此折磨自己，压迫自己。在最后一次的深谈里，她对X先生说："谢谢你这么久以来的照顾，我会学着去改变，让自己活得好一些。"

"如果她愿意改变自己，让自己活得快乐，那么比起我陪伴在她身边，我会更加欣慰。我遗憾的，只是那个更好的她，我却没有机会照顾了。"X先生如是对我说，"你放心，我会好好过日子的。起码，我不会让她对我失望。不会让她觉得当初爱错了人。"他发来一个微笑的表情。

相爱的时光，必是生命里的好年华。一点一滴，都在心头刻下了深深浅浅的痕迹。那是属于两个人的唯一。即使分开，也不会随着感情的结束而消失无踪。想来我们都曾爱过人，也都曾经历过失去。总见过一些人，日日煎熬，永远都走不出来。我不愿意说他们傻，只不过折磨自己，并不能让曾经爱过你的人回头，纵使令他心疼，却也无法弥补已经不爱了这个缺憾。

你也只有好好生活，才算得上没有辜负了曾经被爱的那个自己。

想来这世上的离别，总比这世上的在一起要多得多。遗憾，也比满足要多得多。我总是想起曾经看过的一部小说里，女主角站在街口，送别分手的男友的时候内心的那句独白："当他离开的时候，我都没有告诉他，与他在一起的那一年，是我过得最好的一年。"

年华之里，愿不离不弃。

年华之外，请各自珍重。

# 不过是因为你放不下

汤小姐曾和一个人在一起很久，后来分开了，也分开很久了。现在各有各的生活，各自遇到新的人，过得也很好。他们仍有联系，见面还会微笑打招呼，彼此开涮，甚至一起聚会。直到有一天，汤小姐来问我说："我一直在想，我们到底算是什么关系呢？"

我说："两个字，故人。"

还要太多的词来形容吗？

前任显得太直白，旧友看起来太余情未了。

一直以来都觉得"难得糊涂"这四个字很绝妙，这世界上有很多事，还是不要去想清楚比较好。想清楚又有什么好处呢？想清楚的时候，突然发觉，还不如不清楚。我想，这大概就是为什么很多人不愿意恋爱而愿意暧昧的原因吧。

看过很多人，在分别的时候以为这辈子都放不下了。可是时间过去了，忘不掉的忘记了，放不下的放下了。我从来不赞成分手的时候做得太绝。例如删掉号码，删掉QQ好友，删掉人人网好友，扔光对方送你的一切东西……

你做得越狠，不过说明你越放不下。你越恨一个人，你越会记得他。你越想他过得不好，你也会过得不好。你去嘲笑，你去鄙薄，你去做的一切又一切，不过是因为你放不下。如果你真的放下了，他的一切，就与你无关了。

随便他哭，随便他笑，随便他又和谁分分合合。你还会关心吗？你会关心一个陌生人吗？就算他脱光了在裸奔、哗众取宠，你也不会多看一眼。

宝贝，你最漫不经心的时候，就是你辉煌胜利的时候。

也千万别一遍又一遍告诉别人，你已经放下了。这句话从来都是最虚伪的掩饰。你放下的时候，别人自然看得出来。何必又要你自己再多做解释？你说了无数遍，不过是想自我催眠。当你看到一个人的名字在你的电话本里出现的时候，你的心跳，不会再快一拍，也不会再慢一拍，正常得就像见到了10086（中国移动客服号码）一样。你可以随意地和别人聊起以前和他的趣事，因为这并不会让你的情绪有什么影响。到了那个时候，你就真的解脱了。

总有一天你会做到的你所要的，让自己去意识到新的生活，对你来说更重要。不要去问谁还记得些什么。而事实上，谁都不应该去记得。念念不忘，不如忘了。有些事没做，不如别做了。想不清楚，就别想了。

珍惜眼前的人，也珍惜眼前的生活。

有一天，有人问起她，那个人怎么样了。

她笑说："可能，还活着吧。"

# 请上天赐予我一个比我优秀的情敌

从暑假开始就一直是分手季，身边的朋友，或者拐弯抹角认识的一些人，分手的频率实在太高。忽然一觉醒来就发觉这个世界上的鸳鸯又散了好几对，不禁唏嘘不已。而分手的理由五花八门，可是总有人遇到的是自古以来同一个悲摧不已的理由——劈腿。

中午和一个朋友一起吃饭的时候，她说起一件类似的男方劈腿的事，说完她狠狠地骂了一句："最近小三儿怎么那么多。"其实，从我本身的观点来看，在整个劈腿事件里，一般都要分比例来看待。大概是我这个人比较没有底线，所以凡是小三儿之类的事件是触不到我底线的。如果我遇到小三儿，我一定不会觉得有什么。

首先我们要去分析，如果一对恋人之间本身不存在任何问题，注意是不存在任何问题。那么小三儿哪怕有着一百根撬棒，她也找不到任何的支点。而谈过恋爱的都知道，不存在任何问题的情侣基本不存在。因此我觉得遭遇劈腿事件以后一哭二闹三上吊，破口大骂小三儿和前任是一种很不理智的行为。

你喜欢的人已经不喜欢你了，你一定要好好爱自己。

这个时候请深呼吸，微笑着对自己说："出来混，总是要还的。"

亲爱的孩子，请记得，会劈腿第一次的男人必定会劈腿第二次、第三次，一直到劈得韧带断裂。会勾搭有对象的男人的女人一定也会去勾搭下一个、下一个，再下一个，直到手抽筋。再说，有一部分自身还不错的姑娘遭遇到了男友或者老公劈腿，这种人一般是最纠结的。

你想，一个好姑娘有才有貌，心高气傲，有形象、有影响，突然就遭遇到这种事了。而且，小三儿说不定还怎么怎么不及她，没她有才，没她有能力，甚至没她那么爱那个他。这种时候最憋屈的是她要顾及自己的形象，动手啊、骂人啊，太丢脸；到处说闲话嘛，不屑干；扎小人儿这种事儿，又太跌份儿。

那怎么办呢？只好自己折磨自己，还要强打精神笑对社会。多苦啊！

其实说到底，小三儿哪儿哪儿都不及原配，但是特别对好姑娘来说，小三儿一定能比你多给你前任一样东西——优越感。不是每一个好姑娘都会遇到一个能为了她变得更好的男人的，而那些不肯变得更好的男人，受不了压力的时候会干什么呢？

会去找一个不及他的女人。你的无微不至会在他眼里变成管得太多，你的体贴温柔会让他的自尊心受伤，你的处处周到会让他觉得受不了。你做得越好，他越想逃。你越想让他过得好，他越觉得你霸道。

有一种东西叫"犯贱心理学"，是说你对一个人越好，他越不珍惜。所以，姑娘，你想，你有什么好可惜的呢？如果有了新的爱人，那就好好勇敢去爱，不必因为一个对你不好的人从而害怕付出。

如果没有爱人，就请去爱事业，你的事业不会在你一觉起来告诉你他不爱你了，他爱上别人了。不过，我想，如果哪一天我爱的人跟着别人走了，那么我唯一的心愿，是请上苍赐给我一个好一点儿的情敌，让我输得心甘情愿、痛快淋漓的那种。不要让我偶尔想起会觉得那个我曾认真爱过的男人眼光太差、口味变重，让我觉得叹气不已。

至少让人有点儿竞争的乐趣，至少让人拥有完美的妒忌。

这些话，也说给那些遭遇了女友劈腿的好男人听。

PART

Ⓥ

最好的时光

你们在，我才有

# 一直都那样

　　某先生在众多少女眼里，是个男神级别的人物，标标准准的高富帅。从高中开始，我就一直听到有妹子对我说，那个谁谁好帅好帅，然后一脸桃花。男神人很好，大方不计较，性格也温和，脑子也够用。对文艺系的少女最具有杀伤力的一点是，他拍得一手好照片。背上相机，感觉就像是关公拷上了青龙偃月刀，赵子龙骑上了白马提上亮银枪，岂是一个玉树临风了得。

　　而某先生在我们这些朋友眼里，不过是个傻子而已。我们的每顿饭局，用他的话来说，叫斗智斗勇。为了报复我常在日志里黑他，他从没在QQ聊天的时候把我的名字打对过。上次一起吃寿喜锅，男神一下子没在嘴仗里占上风，怒极卖萌："杜崧炫，小伙伴还能不能好好玩耍了！"

我举杯回敬他："兄弟，今朝同饮庆功酒，明朝树倒猢狲散。"

　　可是在许多许多个日子里，男神某先生都是最讲义气的兄弟，是说得再狠都不会离开你的朋友。要知道，这个世界有太多的人会说甜言蜜语，可是却不会互交真心，搂着你的肩膀叫你亲爱的，却不敢看着你的眼睛让你发现他的秘密。在别人眼里，或许那群深夜里在操场、在门口烧烤店笑闹的人是一群神经病，但是在最好的年纪，有人陪着你一起用真心发疯，那一句毒舌比任何一句甜言都要幸福，你还有什么奢求？


　　我认识学霸已经多年，初中时我和他打架，把他的书包从教学楼四楼扔到了操场上，砸坏了学校台阶上的一块砖。他对风油精过敏，我就在他的茶杯里倒风油精，害得他浪费了一个杯子。我和他几乎经常吵架，他总有各种办法惹得我大吼大叫。我们在前不久的时候下飞行棋，遇到对方的棋子都会毫不留情地吃掉。他总是和我谈他的人生、他的理想、他的未来、他的绩点、他能不能保研，最后我忍无可忍地吼他，他又一脸委屈地看着我说，人家又没说什么嘛。

　　可是初中时候开始，我们不知道为什么，就成了最好的朋友。虽然我是个坏人，他是个贱人。在欢乐的时候互相打压，在悲伤的时候相互扶助。他说等到以后，我们都老了，他要把当初我扔了他书包的故事告诉给我的孩子听："喏，舅舅告诉你哦，你妈妈读初中的时候不要太凶残哦。"大概那时候，我还是会一记栗暴，冲他大吼："少来黑我！"

他是初三时候那个坐在空荡教室的课桌上，对我说加油的小胖子。他是大一时候陪着我在天桥上，看着往来的车辆大哭的少年。他是唠里唠叨，比我爸妈还喜欢说你要好好学英语的眼镜男。其实，我一直想告诉他，不管你是年级第一还是最后一名，你在复旦还是在孵蛋，别人眼里你是花花公子还是其他，其实你在我的眼里，从未改变过。

或许你会失望，为什么你得到荣誉的那一刻，最激动的并不是你最好的朋友？为什么那些其他的人的祝福和恭喜来得比他们更快更甜？可是，你要明白，一个人真正关心另一个人的时候，只会记得他是开心或者不开心，过得幸福还是不幸福。他是被世人夸赞或者被抹黑，都不曾在自己的眼里。对自己来说，记着他喜欢吃什么比记着他又得了几等奖学金更重要；他有没有被好好爱着，比他又发表了什么论文更牵动心情。

我想，你会感觉到，什么是恶毒的贬低，什么是朋友间爱人间的笑闹，我想你分得清。

这一路上，无论是朋友、恋人，还是家人。只有在爱你的人眼里，你是乞丐还是高富帅；你是逃兵还是元帅；你是白丁还是鸿儒……你都是那样。被剥光了所有毁誉，赤条条地活在这个世界上。是美或丑，是胖或瘦，都如初见。你人前光鲜，你高谈阔论，让世界明白你是谁你在想什么。可在他们面前，你安静即可，他们只需知你手掌的温度，便会懂得你。

愿相识始终如旧，愿相知不曾忘却初心。

# 一直忘了告诉你，你对我有多重要

　　前几天，我通过微信加了几个高中时候关系不错的朋友，在近三四年的时光里，大家没有联系，谁都不知道怎么开口，第一句惯常的套话："你最近还好吗？"回答也是同样模板一样："还好。"然后蓦然无语，只好随口说一些"你是考研还是工作""你出国去哪个国家"之类的话题，然后客气万分地许一个遥遥无期的愿："有空一起出来玩儿。""好啊好啊。"

　　许久不见，连说话都有了万分的顾忌，只能挑无关痛痒的问候语，也并不知道该怎么继续，除了名字还算熟悉，那长长的一段缺失感却无法弥补。

　　在不久之前的一个夜里，我们几个朋友一起在操场上聊天，说到毕业之后的各自去处，有个出国党说："其实我并不害怕未知的挑战，我怕的只是有一天等我回来，我们无法再像现在这样，交心地坐在一起聊天。"

男神笑了笑说："不会的。"

我的好朋友有了新的好朋友，其实比起我的爱人有了新的喜欢的人更难受。而最寂寞的事情，不是你的朋友穿着新衣服在你不认识的风景和你不认识的人拍照，而是她还是穿着那件你熟悉的衣服，和你认识的其他人在一起高兴地吃饭聊天，而你却不知道这件事发生了。


昨晚打游戏的时候，一胖给我打了个电话，我歪着脖子用肩膀夹着手机陪他聊了四十五分钟，放下电话的那一刻，顿感生活暂时不能自理，满脑海里都是歪脖子卖萌图。

打电话的时候，一胖颇为期期艾艾地问我："哎，你说，我是你的男闺密吗？"

我愣了愣，脑海里第一反应男闺密这词太腻歪了，于是我弱弱地问一胖："说你是男闺密，不就是说你不行？"

一胖想了想："对哦，有道理！那就不当男闺密了！当垃圾桶吧！"

我简直对一胖这种神一样的学霸思维无语凝噎，但是不便打击他的积极性，于是对他说："一切名称都是形式，要看重的是实质！"

电话打到快结束的时候，一胖由衷地感慨了一句："爽！今天说得真爽！"

在这次电话之前，我其实有很长的一段时间没有和一胖同学联络，他在忙着保研，我在忙着实习，上一次见面还是暑假的时候，一起吃了一顿饭。一胖不怎么上人人网，也不太在QQ上联系我，微信也基本不用。他保研成功后说是要减肥，等瘦下来以后请我吃饭。不过我估摸着，这顿饭可能还要等个好几年。

我和一胖认识的时间很久，久到认识的年头在我们不长的年岁里已经占到了二分之一，也久到我们都忘记了为什么一开始互相讨厌，后来成了很好的朋友。在高中的时候，由于不在一个学校，我和他的联络并不多，而他来找我的时候，我们往往会一口气说很久，就像我生活在他的身边一样。

友情需要花时间和精力去维持，有的人远离了你的身边，似乎也永远离开了你的生活。但是一份友情，如果两个人一分开了就相忘于江湖，却也会是一件让人难过的事。比起无时无刻不停地说话，不停地见面吃饭而言，可能心里有对方更显重要。

我们总是在不经意之间丢了对自己很重要的人，总是会突然发现原本以为永不会变的感情突然就变了。有些感情我们说不出口，例如我爱你，例如你对我很重要。也许你在意我很久没有来访过你的空间了，我也并没有告诉你，其实你一直在我的特别关注里。

如果有一天，我们很久没有见面了，也很久没有聊天了，当我们再次见面，我们是会就此陌生，还是会高兴地坐下，面对面地说话，就好像时间从未流动过？

我希望是后一种。因为你在我的心里，一直都没有离开过。

其实一直都忘了告诉你，你对我很重要。

# 因为有你，就是因为有你

网上曾经有一篇日志写得特别感人肺腑，大意就是一男一女，他们可以牵手、可以拥抱、可以一起结伴看电影、可以互相倾诉，可是他们没在一起恋爱。这种关系大致被称之为"红颜知己"或者"蓝颜知己"，或简而言之——闺密。

我想到了许多年前我们很多人都读过的秦文君阿姨写的《男生贾里》，贾里班级里有一个特好的姑娘，名字叫庄静，大家那时候传庄静和大才子陈应达之间有绯闻，庄静说了一句："这世界上最纯洁的就是跨越性别的友谊。"我高举双手赞同秦文君阿姨，能在一本儿童文学里面传播这样的思想实属不易。

我的一个好哥们儿，我偶尔管他叫闺密，他一直管我叫兄弟。我们认识八年铁了八年，牵手拥抱什么的从来没想过，也不可能。平时也嘻嘻哈哈打打闹闹，他拉过我鞋带、骂过我是个胖子，我扔过他书包，往他茶杯里倒过风油精。我们当同学的时候没少花心思挖苦、打击对方，可是一旦有什么事，我们总是学会相互排遣郁闷。后来他有了他的好姑娘，我想该是我功成身退的时候了，我们的联系渐渐减少，平时会关注下对方的感情生活，鼓励对方好好走下去。我们还是最好的朋友，可是我们不再毫无尺度，因为我们知道彼此的另一半会有想法。

我想这就是友情，也许不要叫那么温文尔雅的什么知己，这不过是一种良好的友情而已。

可是这种友情是有尺度的。异性朋友之间的尺度建立于双方的情感状态。如果一方开始恋爱，那么另一方需要做到的是退居二线。我在，你有了问题可以可着劲儿地找我嚷，你可以在电话里哭爹喊娘埋怨时运不济、怎么这次GPA不好，你也可以说一些可有可无的话，因为朋友就像垃圾车一样，越好的朋友，你对他下手越狠。你把最折磨自己的事情说出来一块儿折磨折磨他。有句话说得好，你把快乐告诉朋友，你会收获两份快乐，你把悲伤告诉朋友，你的悲伤就会减半。你有女朋友了，我绝对不会老是在你面前晃荡，不再动不动叫你出来桌游逛街，哪怕要活动也一定要把你家姑娘带着。因为我必须要让你家姑娘放心，这是我的责任。

我相信清者自清，不过这不代表我可以为所欲为肆无忌惮。我保持着对这个世界的美好向往，坚信所有的有着男闺密的姑娘都是好姑娘，所有当着男闺密的小伙儿都是好小伙儿。他们之间干净得就像清水似的，连鱼都没有。

萨特说过，恋爱是两个人的事情。闺密这事，贵在距离，一不留神，就会从水至清则无鱼变成人至贱则无敌。我是一个不懂事的人，我也承认我平时有点儿二百五外加天然呆二皮脸。大道理我是不懂，可是小道理我明白。闺密闺密，太密了就难免让闺密的恋人不舒服，而且这不舒服还很憋屈。说了显得小心眼儿，不说又憋得慌。他（她）要是忍不住和你提显得自己特没风度，特小家子气，特不乖。他（她）要是不和你提，自己心里又憋着，总有一天要出问题。

其实两个人的事情，不要太多让第三个人知道。恋爱是两个人的空间，容不下第三个人。你抱着诉说的心思去找闺密了，说不定蜜就把你的心给堵住了。倾诉这事，说出来排遣郁闷，可是并不能真的解决什么问题。就像我一个姐们儿失恋了，我们陪着她。我妈就说过一句特别残忍，但是很有道理的话："你们能帮她什么呢？你们只能说两句无关痛痒的安慰，而起不到任何实际的作用。"是的，我承认她说得对，任何问题都需要自己来解决，没有人能帮得了你，闺密也一样。

面对问题，人贵在做，而不是在说。你们有矛盾了，你们应该内部解决。你心里不爽，该对他（她）说。不要总是觉得因为彼此相爱，对方就一定会懂你的心思。每个人都是独立的，你不说，没人知道你在想什么。恋人想要走得长远，第一步就要把对方当成自己最好的朋友。这个世界上让所有恋人最不爽的一句话，就是在你们吵架的时候，你对你的他（她）说一句："你去问我的闺密吧，我们之间的事情闺密都知道。"你让你的他（她）怎么想呢？

闺密，特别是女闺密，平时都显得特别懂事，特聪明、落落大方以及善解人意。这时候就显得你家姑娘有点儿那么的不懂事、那么的管太多，有这个小缺点、那个小毛病。可惜你忘记了，你的姑娘也是别人身边那个落落大方聪明懂事的好闺密呀。听到很多人抱怨说怎么我家姑娘变了，她原来不是这样的。傻瓜，距离越近，越容易看到一个人的疲惫。这句话从来都没有错过。她是你的朋友的时候，她不用顾忌那么多。可是你们在一起了，她就在乎了。如果你家姑娘不爱你，她不会在意你的喜怒哀乐，她不会关心你的饮食起居，她不会每天等你的电话，然后你不说再见，她便不舍得挂电话。她乐得跟个小二似的，是因为有你。她难过得跟个傻子似的，也是因为有你。

再好的朋友，再亲的闺密，也做不到一日三餐都记挂着你。这也是所有的有着男闺密的好姑娘们该记得的，你们的友情很重要，可是他们的以及你自己的爱情也一样重要。让大家都舒服点儿，注意点儿尺度，更重要。而所有当着闺密的好小伙儿们也该记得，要顾及到自己另一半的感受，别没心没肺地老怪人家乱吃醋，让人吃醋是你给了她吃醋的环境，要是哪天她看到自己男人和别的女生一起掏心掏肺不吃醋了，你们差不多也就完了。

过从甚密，这四个字很可怕，它的下一步，有可能就是分崩离析。

# 最好的时光

　　每个人都有自己的圈子。那些介绍旅游的文章，有关寻觅美食的地图，你常看见一个人@的人，总是那几个人。不是一起关系还不错，就能叫作圈子的。一个人可能有好几个圈子，互相知道或者不知道，但是必然互不干涉。几个人，最起码有着相同的志趣，彼此信任到了一个地步，可以交换烦恼和快乐，以及秘密。

　　如果你有事，我决不退缩，为你冲锋陷阵。

　　你要认识一个人，和他打好交道不是很难的一件事。但是你想融入他的圈子，却是难上加难。每一个圈子都有自身的禀性和标签，不同的圈子里的人，起初在一起的目的不同，经历的故事也不同。很多东西，你没有与他们一起荣辱与共过，你就不会懂得那种亲切感和圈子里的人的归属感。这种感觉，不是在一起吃几顿饭、喝几次酒就可以形成的。而是哪怕没有这顿饭这些酒，我都明白，你是我兄弟。

你永远都不会知道一个既定的圈子里，那些人在一起究竟冒过哪些险，互相扶持过多少次。也许你也会认识这圈子里的其他人，或许看起来你和他们关系还不错。他们可能会围绕着你，画一个更大的圈，但是原来的那个圈，永远不会消亡。这不意味着他们对你有什么隐瞒，在感情上不忠诚，只是你无法进入倒流的时光，无法重新培养起那些基础。但是，你可以从此和他们走上一段新的互相扶持的路，一个属于你和他们的圈子就此产生。

圈子，是一个你离开了就不能够再回来的地方。不是别人不够大度不肯接纳你，只是你也没有勇气再回去。虽然你也会回忆起当初彼此，你爱谈天我爱笑。可是你却要明白，再也不见一起并肩桃树下，梦里花落知多少。当初在一起，决心成为朋友、兄弟、死党，甚至更深一步的知己的时候，就决定了这种感情不容背叛。

花了太多的力气，也容易受到更重的伤。一个陌生人捅我千万刀，不及我看重的人捅我一刀。不是不原谅，只是破了的圈子，那个裂口，一直都在。既然习惯了没有你，就不会再习惯见到你。

其实圈子在你心中，也分成了一个个的等级。就像俄罗斯套娃，总有一个在最核心的地位。你以不同的姿态面对着不同的人，在不同的圈子里分享着不同的事。哪怕就是一件同样的事，你在不同的圈子里也表现出了不同的暴露等级。说多少，怎么说，自在你心中。

有的人说，和心爱的人吵架，和陌生人说心里话其实只是因为知道彼此很重要，所以才敢于争吵，也知道怎么吵都离不开对方。因为我知道我们关系好，所以我怎么损你都不要紧，你怎么恶作剧我都不会生气。那些无关痛痒的场面话，往往也只说给无关痛痒的人听。

最心底的那个圈子里的那些人，是一群让你到七老八十想起来还是会微笑的家伙。他们描摹了那个在柔软的时光里，你在闹，他在笑的场景。在你最一无所有的时候，陪着你不离不弃，无论你遇到了怎么样的困境，都告诉你没事的，有他们在。

不管多少人站在你的对立面，他们都站在你的身后。

不是最好的时光里有你们在，而是你们在，我才有了最好的时光。

# 不是所有的鱼，都生活在同一片海里

X小姐是我的小朋友，现在在北方一座城市求学。一日，小朋友打来长途向我诉苦。原来A和B都是她的朋友，平时她们总是在一起吃饭，可是那天下课的时候，B只招呼了A去吃饭，却没有招呼她。而A似乎也把她忘记了，两个人就一起去吃饭了，撇下她一个人在那里呆呆地看着。

她说她很难过，后来去问B怎么不叫她，B轻描淡写地说："我以为你要和你男朋友一起去吃饭呀。"

事后，X小姐一个人闷闷地生了很久的气，她说："我把她们看得很重要啊，为什么她们还是要这么对待我呢？"

我问她："那么，孩子，你想怎么办呢？然后你就不要这两个朋友了吗？"

她说她自己也不知道。

有的人你们天天都会黏在一起，一起吃饭、一起散步，每天都要聊天，可是一旦缺少了交流，就会再也难以拾起来。这样的友情看起来很美，可是实际上是要花很多时间和精力去维持的。它可以弥补你的寂寞，可解决不了你的孤单。就像速食面一样，能让你暂时果腹，但是无法体会到食物的满足。

有的人你们可能十天半个月都没有联系一次，你也不知道她今天过了什么样的生活、吃了什么样的饭，你们也不总是在一起玩儿，或许她为她的学业在忙碌，或许你为你的工作在奔波。可是你们从来没有丢掉过对方，哪怕全世界都背叛了你，她也会坚定地站在你的背后支持你。

在你们的世界里，不需要那些肤浅的分享，而是切切实实的荣辱与共。

人心都是一种很敏感的东西，尤其是女孩子的心。一句不经意的话总是会让她们纠结一下。可能有的人很快就能想开，有的人要放在心里很久。有的人是因为爱情，有的人却是因为友情。因为少吃了一顿饭而会彼此介怀的友情，当大家都各奔了东西之后，又会被记得多少呢？

我们总是说，因为关系好，才会彼此损来损去，因为关系好，所以才知道拿你开玩笑你不会介意。可是这样的忽视与嘲讽，哪怕再深厚的关系，也要用尽力气才能做到不介意。人心都是肉长的，我们都希望获得自己最重视的人的肯定。

我不会介意无关痛痒的小玩笑，但是请不要一直打击我，忽略我。那样，我会开始怀疑我们的友情。

你说，不过没叫你吃一顿饭而已，这又有什么要紧的呢？这能算什么大事呢？可是，如果你们的关系只是处于在她难过时不会告诉你的时候，这些事，很要紧。如果今天我杀了人，你是会帮我埋尸体，还是会让我自首，或者是干脆跑路，甚至报警抓我？——这个问题不仅很多人会问自己的恋人，也是在考验自己的朋友。

第一种是挚友，第二种是诤友，第三种和第四种，是速食面那样的朋友。

你要记得，这个世界上，不是所有的鱼，都生活在同一片海里。

经常会有人问，怎么才能让朋友变多呢？其实很简单。永远不要去算计别人。算计别人的人，也总会有被人算计的一天。自己对别人的好，不要记得太清楚。别人对自己的好，不要忘记得太快。不要轻易去伤害一个人，也不要牢牢记住别人对自己的伤害。这些都是很简单的道理，可是又有多少人真的做到呢？

最后，想告诉开头提到的那位亲爱的X小姐：不该记得的，那就忘了吧。

# 一切都会好起来的，我坚信

中秋节早上，我爸送我去上课，出门的时候有人给他打电话，让他帮忙在某个饭店订个包间，人家一家人要吃团圆饭。我爸挂了电话，纠结了好一会儿，一边开车一边问我："要不要给你胡叔叔打个电话祝他中秋快乐呢？今天是合家团圆的日子，我怕他会触景伤情。不打吧，这么多年朋友了，说不过去啊。"然后老头长叹了一口气，一声不发，皱着眉头专心开车。

胡叔叔是那家饭店的经理，也是我妈的高中同学，两家相识许多年。听说当年的胡叔叔挺帅，家里条件也不错，我妈的高中班主任很希望把他招为女婿。可是这种事，妾有情郎无意的，后来也就作罢了。我妈二十二岁那年生了我，胡叔叔二十四岁那年娶了个妻子，也姓胡，我总是叫她胡阿姨，时隔一年，胡阿姨家添了个女儿，姑娘比我小三岁，此文以下，就叫她胡姑娘吧。

胡叔叔是个胖子，最胖的时候约莫有个二百斤的块头。可是胡姑娘很瘦，瘦得让人发指，好像本来该长在她身上的肉都长到她爸身上去了。胡姑娘从小就是个懂事的孩子，最大的缺点就是挑食。只爱吃番茄炒蛋和方便面，从不吃鱼，也不喜欢吃肉。我小时候一次过生日，点了个菜，叫"炸响铃"，不知道有多少人吃过，就是豆腐皮包着一丁点儿的肉糜，在油锅里炸得酥脆，然后蘸着番茄酱吃，酸甜，也油。

胡姑娘那天盯着这道菜吃了许多，我妈便问她："宝宝啊，你是不是喜欢吃响铃啊。"胡姑娘点点头，继续沉默地扒饭，一个个地吃响铃。

胡叔叔有些不好意思地笑道："这姑娘就是不喜欢说话。太内向了，不好。"

我妈笑着说："没事，宝宝啊，下次来阿姨家，阿姨给你炸响铃吃好不好？"胡姑娘笑了，点头说好。回家以后，我妈真的去学了响铃的做法，买了豆腐皮回家，学做炸响铃，然后端出来让我尝味道。直到有一天我说好吃，她老人家立马高高兴兴地让我爸给胡叔叔打电话，请他们一家来吃饭。拿手菜，便是炸响铃。

我家老太太一直都疼胡姑娘，她喜欢安静的姑娘，觉得文雅才是本性。她一直嫌弃我闹腾，老是给她添麻烦，从不让她省心。

我家的饭桌上，素来是"英雄冢"，倒下过无数英雄好汉。家里最多的就是酒，朋友送的、自己买的，各种各样。

　　大二那年，请过四个汉子来家里吃饭，结果四个汉子醉得抱着马桶挪不动道儿，一个还在厕所里吐，另一个就在门口排队了。胡叔叔也是在我家折戟的好汉之一，严重到救护车上门的地步。电梯上来抬担架的还问是哪一家呢，医生直接指着我家门口喊："这家这家，酒气那么重，除了这家还能有哪家？"

　　那天晚上，胡阿姨陪着胡叔叔去了医院，胡姑娘喝了点儿酒，一个人也回不去，就在我家住下，和我挤着一张床。胡姑娘也能喝一点儿，从小就坐在她老爸的膝盖上，被一群无良的叔叔阿姨灌一小口啤酒。她上初中以后，胡阿姨不再让她喝酒，可是有次出去吃饭，看着桌子上的啤酒瓶，她满脸羡慕，胡叔叔哈哈大笑，给她倒了一满杯，让她敬一敬在座的各位。胡姑娘端起酒杯，说了句恭喜发财，一饮而尽。

　　胡叔叔醉倒的那次，我已经记不清那是哪一年，似乎是我才读大学。胡姑娘数学成绩很好，那年刚进的高中，整个人不再那么内向。我们坐在一张床上都睡不着，就海聊着。胡姑娘是个ACG①的爱好者，彻头彻尾的腐女一枚。我对ACG不了解，就笑着听她说。说到最后我困得不行，直接往床上一扑就睡着了。

————————

① 即Animations、Comics and Games 的缩写。即动画、漫画、游戏。

那次是我最后一次见到活蹦乱跳的胡姑娘。

第二年开春的时候，胡姑娘说腿疼，胡阿姨以为她是学习压力太大，就带她去做经络按摩。一个月下来，胡姑娘的腿没有好转，疼得连路都走不了了。胡叔叔和胡阿姨才意识到不妙，忙带着她去医院看。

骨癌晚期。

胡姑娘十七岁。

一开始瞒着胡姑娘，后来也渐渐瞒不住了。

找了最好的医院、找了最好的医生，最后的结论是必须先去掉了腿上的病灶。医生说需要截肢，胡姑娘死活不同意。胡阿姨劝她说不管怎么样总是保住命要紧，胡姑娘看着胡阿姨问："妈，我真的还有机会吗？"

胡阿姨说："傻孩子，医生说你的机会很大，别想那些有的没的，好好治病。乖，妈在这儿。"

我妈去医院给胡姑娘送饭的时候，遇到了躲在墙角抹眼泪的胡阿姨。胡阿姨不敢哭得太大声，整个脸憋得像是煮熟的虾子一样。她抱着我妈哭，问我妈该怎么办，我妈说没事的，都会好起来的。后来我去看胡姑娘的时候说的也是这句话，我发现我们家的人都一样不会安慰人，可是你说，那时候，你还能说什么呢？

我去看胡姑娘的时候，消瘦的胡姑娘反而变胖了，脸上发肿，身上也是。动了手术取出腿上的肿瘤，没有截肢，切除了一个肿瘤，病灶却又转移到了下颚。我们心里都说着其实还能有什么办法呢？却还是要笑着安慰她说你看起来很好，很快就能康复。那段时间整个人都感觉气压低得心慌，第一次感受到了人生原来是那么无常。

　　后来一次，我们去看胡叔叔，一个二百斤的汉子瘦得只剩了三分之二，头上的黑发大半都成了灰白色。胡叔叔抽了一根又一根烟，说其实心里都有准备，能撑一天是一天。我爸拍着他的肩膀说老胡别想太多，说点儿吉利的。胡叔叔说能有什么办法呢，他每天晚上陪着胡姑娘，听着女儿的呼吸声是那么痛苦，他就整夜整夜地睡不着。

　　一天深夜里，我爸的手机突然刺耳地响了起来，胡叔叔压抑的哭声从电话那头传了过来。

　　胡姑娘，还是没能留住。

　　有人说我们这个年纪的人，说不好哪条QQ签名就成了墓志铭。胡姑娘的QQ一直留在了我的好友列表里，只是再也没有上线过。

　　她最后一条签名是：我静静地消失，正如我悄悄地出现。

胡姑娘，你也是一匹野马吧，只是你的草原，在遥远的天堂。

写这个故事的时候，是中秋节，合家团圆的日子，其实本不适合说这个悲伤的故事。我一直不太敢写胡姑娘，因为我对人生的不公、对这个世界，都有着太多的疑惑和不满。可是多少事情，例如生老病死，例如相聚离散，并不是我们可以决定的。所谓团圆，便是抓紧每一秒去爱。

好好地对父母，好好地对爱人，也要好好地对自己，你永远都不知道明天和意外，究竟哪一个会先到来。

## 爸爸什么都知道

从小我就一直觉得，我爸有一种很神奇的能力，他总是能和我的老师关系良好，从而掌握我每一次的上课玩闹、考试失败。每次我回到家妄图掩盖考砸的事实，他都已经笑眯眯地告诉我"老实交代"，简直是我少年时期心理阴影的直接黑手。甚至直到今天早上，我出门上班之前，他还乐滋滋地跟我说，我初中的班主任在朋友圈传了自己包的饺子的照片。

小学时，有个叫公文数学的课外班，专教应用题，我爸乐滋滋地让我去参加。我倒不是不乐意做应用题，而是小学时候的老师规矩甚严，设和答都要把题目最末一句抄一遍，做题只需两分钟，写完那两句话花的时间却很久。每周四中午在学校做完一套题，还要再领一套题回家做。那时候，双休日我还在福州路上学画画，在文庙学数学，生活得非常不幸福。终于在一个小伙伴们都在玩儿而我却要独自在家做题的下午，心中愤懑大爆发，偷偷把题目纸撕下两张，然后撕碎冲进了马桶。

下午我爸回家的时候，我正高高兴兴地看电视，我爸一脸笑意地问我："你今天作业做完了吗？"

我一脸纯真地说："做完了！"然后继续看电视。

"可是你能不能告诉我，为什么这次的作业只有三张纸呢？"他从我书包里拿出数学作业。

我继续假装很自然地说："因为这次老师少布置了呗。"

"那第一页后面，为什么是第四页呢？"

"……"

这事以我被暴揍一顿而告终。


上了高中之后，有一次和同学闹得不开心，回到家里也没和父母说。总觉得自己的自我意识特别强，什么都能自己处理。被人误解，被人议论，也议论别人，也试图反击。半夜睡觉前给朋友发短信讲述，有时候觉得委屈，就在被子里哭，哭到睡着。后来有天早上，我爸送我去上学，也没有说什么，就很淡淡地说了一句："如果你没做错事，那没什么好怕的。"

大学以后，他对我的现状并没有以前那么了如指掌了，许是没有了"内线"吧。每次他给我打电话，我总说忙，然后匆匆挂了电话。想想那时候，忙学生会，忙谈恋爱，忙着玩乐与吃喝。一周回一次家，吃完晚饭就开始玩电脑，他总是在客厅里扯着嗓子骂我："再玩儿，再玩儿眼睛都瞎了！"我不理他，或者回他一句："不要来烦我。"然后把门关上。

　　几年前的夏天，我和K先生分手。回想起来，当时并没有什么轰轰烈烈的剧情，目之所及不过是人人都会经历的寻常事。但是在几年以前的那个时候，心里还真的觉得很难过。分手之后不久，朋友们来我家吃饭喝酒，打趣解闷。一顿饭吃到半夜才结束，我爸送朋友们出门，我站在门口，听到他对他们说："你们安慰安慰她。"

　　等他回家，我和他为了这句话大吵一架，与其说是他和我吵，不如说是我在指责，而他在听。我爸并不是一个很能沉得住气的人，因此我们经常开玩笑地斗嘴。几年前，我对于自尊的需求远比现在要更为执念，做什么事都想着不能丢脸，连分手亦是如此。可能当时在我的想法里，由父母插手孩子的感情生活，实在是一件让我脸上无光的事情。

　　不久前和K先生聊天，说到当时，大家不免都觉得无论在一起的决定，还是分开的理由，都是一件很可笑的事情。我与他除了做朋友外，并不适合做恋人。说着说着，我难免想到当初的那顿饭，也明白了为何那次我爸没有反驳我关于面子问题的谬论。

他站在那里，不说话，也许也只是因为无能为力。

后来，这种无能为力的时候便多了起来。我不再是小孩子，我们都不再是。我们不开心的时候，不再是以前的一块巧克力就能哄好，我们流泪的时候，不是一句"爸爸在"就能止住流泪。我有了我的梦想和打算，与他对我的规划却是背道而驰，经历了无数争吵，有了太多的抱怨，却都忘了去理解。我们与父亲，终究要走各自的人生路，我们说我们并不怕跌倒受伤，可是他们却不愿意看到我们去流泪流血。

有时候想起来，我和我爸很像，都不太会安慰人，有着奇怪的笑点，明明一开始在争执，最后却会控制不住地笑起来。他很好哄，跟他说对不起就会不再生气。他很闹，我妈在朋友圈里发了一句："妇联发布—你现在流的泪和汗都是你当初挑老公时脑子里进的水。"他必定要不服气地再发一句："联合国说，你现在流的泪和汗，都是当时挑老婆时脑子里进的水。"有时候他会说错一些话还不承认，我说你怎么那么笨，他很直白地说："所以生了你也不聪明。"

前几天，小妞心情不好，我和她聊天的时候，她说起正好刚才她爸爸给她发短信，她才说了几句，爸爸就问她："囡囡你是不是不开心啊？"小妞说她当时就不争气地哭了，然后对我说：

"可是我没有告诉他我心情不好啊。"

可是爸爸知道。

爱你的人，什么都知道。

# 咸菜烤笋与一锅乱炖

家里的老人中，爷爷与我感情最深，他常和我坐在一块儿，说些往年的回忆、风流的韵事。

爷爷祖籍宁波，老头年少时也在铺子里当过三年学徒。后来工作稳定了，反而听了太奶奶的劝，辞职后挑着行李从甬地坐船来到沪上，暂居在富有的亲戚家里，凭着学过几个月的新式会计开始靠帮人记账来养活自己。宁波菜大多极咸，老头借居的那户亲戚，虽然家财万贯，却抠门儿到吃饭只佐宁波酱菜，还要撒上一勺盐好让自己下饭。没想到时局动荡，家财一夕败光，从装穷成了真穷，本来无所事事的公子小姐，也落魄得只好进厂做工，还屡屡被人欺负。

爷爷每次说起那段时间，脸上总有种莫名的感慨，大概也是由于年少时候见证的"看他起高楼，看他楼塌了"的事多了，也就养成了"做人一世，图个快活"的脾气。

老头与我说起恋爱观念这事儿，总是特别诚恳地说："人啊，追求你的时候都是对你特别好的，你看我那个表妹××，当初她妈横挑竖挑，挑来了一个绣花枕头，有什么好？不要看表面，要看本质。"我深以为然。

曾和爷爷聊过许多次，他也说些年轻时谈恋爱的故事。说来也好笑，他谈了不下十个对象，多是温文尔雅的。最后偏偏挑中了当初一口回绝掉的我奶奶。我问他为什么，老头摇头晃脑地说："没办法，谁让她等我时间最长呢。"说罢看了一眼在客厅里看电视的奶奶，活脱儿一副老爷子年轻也是情圣的样子。

不过，也真亏得老太太有毅力，足足等了五年，才等来了一纸婚书。

奶奶是小姐脾气。食指不沾阳春水，又在家里骄纵惯了。一辈子都没怎么正正经经地干过什么事，简直就是沈浪身边的朱七七。在外面与人偶有口角，也只好回家找爷爷帮她出头。去哪儿都要老头陪她去，老头如果不肯，她便以不吃饭来抗议。

在很长的一段时间，老头负担极重，除了照料家庭，既要寄钱给家里照顾老人，又要体恤几位幼妹的读书和生活。那年头，运动频繁，谁也不知道明天会怎么样。爷爷的"成分"不好，在那种时候，难免担心朝不保夕。他们生活最困难的几年，不离不弃的是她，支持陪伴的也是她。老太啊，一言以蔽之，"作"，但是也不乏可爱之处。老头每说起她的闹，她的脾气不好，眼底都带着点儿笑意，亦是暖意。

喂喂，我说，爷爷你那句"就她能等"，是骄傲吧？

爷爷兄妹四人，四散各地，便以地域称之。大妹独居沪上，二妹居于南京，而三妹妹仍在老家。江浙沪包邮区，也算各有一个据点了。兄妹几个，除了南京的那位，各个厨艺极佳。上海的那位，做得精细，麻油鸭子、红烧狮子头，虽是家常菜，却功力十足；宁波奶奶，胜在材料极新鲜，鲜鱼鲜蛤，随便一炒，就挑动味蕾，还不厌其烦，亲手制作香肠、臭冬瓜等风味土产，独此一户，味道绝佳。

爷爷的拿手菜则是葱烤鲫鱼与咸菜烤笋。说起这咸菜烤笋，烤字用得并不恰当，只图个发音相近罢了。用上好的咸菜、新鲜的冬笋，一锅煮之，鲜美得不可方物。看似程序简单，实则下锅的先后，调味几许，都是见真章的活计。多一分味苦，少一分则寡淡，我妈苦学几年，才沾了点儿皮毛。

我宁愿相信，这道菜是有魔法的，也只有老人才能做得出。其他人不是手艺不行，而是阅历不够。

奶奶不擅烹饪之事，拿手菜是土豆、胡萝卜、花菜、木耳的一锅乱炖，还一烧就是一大锅。每次去她家吃饭，奶奶总是一脸推销的神情劝我多吃此菜，说是对身体好。可惜真心实意地说，味道实在不佳。后来我一听到奶奶下厨，就闻风而逃。只有爷爷下厨，我才早早登门，窝在客厅盼着菜香，比谁都要积极。

　　生活其实也不过是一碗爷爷做的咸菜烤笋。表面平淡之下，滋味万千。你所见过的每一张平凡而苍老的脸庞背后，都有一个让你回味久久的爱情故事。

　　别忘了，奶奶做的那些难吃的一锅乱炖，爷爷每次都是笑眯眯地吃完的呀。

PART

VI

温柔以待　愿你被这世界

## 受迫害的青春

同学A，以前暗恋一位女生多年，跟人表白后狠狠被拒。后来初恋时遇对方劈腿，分手。就此有些沉沦、游戏人间，整日一副不相信爱情、不相信女人的模样，再也不肯拿出一颗真心去爱别人。总是看着他为了别人的错误在惩罚自己，然后继续去折磨着别的无辜的人。

他不快乐，被他伤害的人也不快乐。而伤害他的人，如今也不见得过得有多好。

朋友B，以前因为一些事情，和同学几年没有说过一句话。每天独来独往，小心谨慎地做人，任何事都努力做到最好，只是怕被不喜欢的人嘲笑。总是看见他挣扎地活着，活得很累，很辛苦，不知道为了证明什么，他却依旧会去证明下去。

他不快乐。他说，幸好我坚持了下来，没有崩溃。可是他的眼里，深深地刻着疲惫。

学妹C，关于她的绯闻和传言一直在传播。她很苦恼，自己只是按照自己喜欢的方式活着，没有对不起任何人，也没有伤害任何人。可是为什么还有人会去编造关于她的流言蜚语呢？居然还有人会信以为真，以为她是那种品行不端的人。

她不快乐。她别无所求，只是期待一个公平的对待。

表姐D，从小和家人关系不好。父母更偏爱年长的哥哥，也不重视她。不记得她的生日，不会给她买东西，也不知道她爱吃的菜。她也曾经很想问父母，既然你们不爱我，何必又要生下我。

她不快乐。她渴望能和别人一样，家庭和睦，其乐融融。

我们都站在此处，名为人生的路口。能不能问自己一句：亲爱的，你快乐吗？

而想想，其实也是不快乐的。想要的得不到，不想要的却偏偏会来打扰。

可是再想想，自己又何必呢。一切只是"少年不识愁滋味，爱上层楼，爱上层楼，为赋新辞强说愁"。

小时候，以为自己的世界很小，看见一片天空就以为是全部。长大了，才知道自己的世界很大，天无边海无涯。也总会为了缺失一点儿什么，就觉得整个天地都变了颜色。后来，慢慢学会了百毒不侵。我们都会告诉后来认识的人自己之前的故事，总会描述得悲惨一些。其实自己想想，原来那些岁月，不过如此。

如果真的是悲惨得让人无法呼吸，那我们又如何会波澜不惊地长大。我们不是逆来顺受，只不过看穿了这个世界上不可能毫发无损地获得全部的幸运。活着的时候，总会失去一些什么。例如"我手里拿着刀，无法拥抱你；我放下刀，无法保护你。"

那个游戏人间的A，有着很支持他的朋友们一直陪在他身边不离不弃。

那个独来独往的B，有着很爱他的父母，时时倾听着他的心声。

那个被人误解的C，有着别人羡慕的才华，深受长辈的赏识。

那个不受宠爱的D，有着一个对她很好的恋人，想要一辈子陪着她。

人人都有过受迫害的青春。那段时间里，我们不被理解，活得很难受，就像是一条离开水的鱼。可是回头看看，总不是一无所有的。感情受挫有友情来弥补，友情受挫有亲情来弥补，亲情不够有爱情来填。

其实谁都没有输光手里的最后一张牌。下一步，怎么出牌，全在自己手里。

幸福总会来的。只是，也许不是现在而已。

# 愿我们有一个不辜负的人生

某一天，在某节又难又水的专业课上，朋友和我聊天，说起现在对未来生活的迷茫。其实我们现在都面临着许多的问题，不知道自己在干什么，不知道我们做的有什么意义，不知道未来在哪里。身边虽然有着一群很好的朋友，可是仍然害怕大学毕业以后各奔东西、联系减少甚至无缘再见。身边有着一个很喜欢的恋人，可是谁也不知道会不会走下去。

谈着前途未知的恋爱，有着不知道去往何方的未来。

我们的迷茫在于明知道很多事情也许并非是真心想做，可是还是为了某些社会的标杆去完成。我们浮躁。我们不容易满足。我们鄙视着一切僵化陈旧的思想，妄图打破，但是有时候却悲哀地发现无能为力。

疑问太多，答案却太少。对于自身的怀疑以及对于社会的怀疑时时刻刻存在着，我们有时候会选择不去想这个问题，而只是做那些事。但是夜深人静的时候，那些所谓离经叛道的念头还是会涌上我们的脑海，让我们睁大眼睛整整一个夜晚。

我们厌恶自己的懦弱，却又沉湎于懦弱带来的安逸之中。

某一天，我和几个好朋友在汉堡王店里啃薯条。我们三个人相识多年，如今面临着下半年大三的生活，是真的所谓需要抉择的人。有一个人打算考研，一个人还在出国和工作中纠结。这两个人与我相识多年，成绩优异，一个当了多年班长，另一个物理竞赛屡屡得奖，如今都在全国首屈一指的高校里读着热门的专业，都过了高口（高级口译），四级和六级成绩优异，而且还是所在班级的领袖级的人物。

在我们眼里，这无疑就是大学里成功人士的典范，以后他们将会踏上光明的康庄大道。可是然后呢？他们在上海还是需要苦苦赚工资，赌上青春和健康，还房贷还车贷，可能还要被逼相亲，为了孩子的入学和未来操碎心，养家糊口，照料老人。也许他们的学历决定了他们的起点比别人略高一些，但是就如他们其中的一人问我的那样，一纸文凭真的有用吗？我答不上来，因为我也没有答案。

我的同学里有人如同他们一样，考了这个那个证书，为了这个那个证书去准备着。司法考试，托福，雅思，四六级，公务员，研究生，会计资格证，……他们如饥似渴地在双休日读着各种二专、二外以及各种考前辅导班。我们从来没人问过，你是真的喜欢这个吗？从来没人问过一个考CPA的人，你真的热爱财会吗？从来没人问过一个考公务员的人，你是否有着廉洁奉公的梦？

我们都明白，现时我们的这些奋斗不是出于梦想，而是出于欲望。

我们都活得太过于急功近利了，因而显得都不那么的可爱。我们的青春，与迟暮何异？

以前有过一次辩论队招新，我们面试过一个男生。在自由提问的环节我们问他，要是以后他不能上场打比赛，只能在场下帮忙做一些准备工作，他还愿意加入吗？他很直白地告诉我们，如果这样，他不愿意加入辩论队。尽管我认可他的诚实，但是我不认同他的想法。因为辩论于每一个辩论者而言，都是有一份感情在其中的。

我们并不是为了比赛而存在，我们是为了场上的思辨，场下团结一致的准备，逻辑的反复推敲而存在的。出于欲望而做的事情，正如只为了能上场去打比赛而来面试辩论队一样，显得很可笑。如果一个人并非真心实意地去热爱某一件事，那么无论他有多么优秀的技艺，都无法达到巅峰。

这几天，我又开始看古龙的《陆小凤传奇》。我想很多人都知道西门吹雪。模仿西门吹雪的人很多，要挑战他的人也很多，可是西门吹雪却是独一无二的。恰是因为他真心热爱剑，而不是为了成名成家。我记得他在和叶孤城的绝世之战里对叶孤城说，叶孤城的天外飞仙固然精妙，但是他心已不正。叶孤城不是败给了西门吹雪，而是败给了他自己。如果我们为了欲望行事，终有一天也会因为欲望而做错事。

西门吹雪在杀岁寒三友的枯竹之前说，所谓用剑，在于诚心正意。

我们活着，又怎能不需要诚心正意这四个字？

我没事的时候就会写很多乱七八糟的东西，是因为我热爱写文。如果为了网上的来访者或者分享和阅读来写的话，那么就丢失了本来的心意。太在乎这些东西，就会丢了自己。太在乎欲望和虚名，也会丢了自己。别人眼中的虚名，毕竟只是一根看不见的肉骨头，可是又眼见多少人，为了这根肉骨头，变成了无家可归的野狗。

我知道，我无力解答某些人的迷茫。也许，有一天我们为了愿望而活，并不一定拥有那么充裕的物质生活。也许，我们会看到，朱门酒肉臭，路有冻死骨；也会看到世胄蹑高位，英俊沉下僚。我只是希望我们活着的每一天，都可以明白自己想要的究竟是什么，自己热爱的又是什么。

不因为这个社会的不公而消沉，也并不因为日益无奈而妥协。谨愿我们都有一个不辜负的人生。

# 我们，永远永远不够好

　　某次考试我没有通过，很沮丧地坐车回家。心里默默地对自己说，你真是弱爆了。我永远都觉得，自己唱歌唱得没人家好听；没有乐感，弹不来琴、跳不来舞；跑步总是勉勉强强才八百米及格；我数学没人家好；英语发音没人家标准；每次考试都是混混日子，而且性格还不够温柔，有些暴躁、四肢不协调。

　　我开始反思自己这短短的二十年，忽然想到了我那么多好朋友每天的分享，以及他们每天的状态，无疑都在传达一种信息——我还不够好，我还要努力，我还要去做得更完美。我们，在自己的眼里，永远永远都不够好，哪怕在其他人的眼里，其实我们已经足够优秀。

　　也许在小学就辍学的人的眼里，你很好，你很厉害，能考上大学。可是你看看你那些上清华的同学、哈佛的同学、剑桥的同学，你觉得自己好差、好笨、好没用。也许在那些很胖很胖，总被人笑话的人的眼里，你已经很瘦了。可是你看着画报上、屏幕上的那些演员、模特，你觉得自己永远都没有人家的身材好。也许有人夸赞你的眼睛，你却觉得自己鼻子不够高；也许有人赞扬你的文字，你却觉得自己数学不够好。

我们总是觉得自己，永远永远不够好。

过去的二十年人生里，总是和这个人比，和那个人比。我们习惯了赛跑。就像那句总是被各种专家提起，被各位家长奉为金句的"不要输在起跑线上"，也就像我曾经很喜欢的兔斯基说的那样："当停下休息的时候，别忘了别人还在奔跑。"我以前的一个同学总是谆谆教导："我的路，跪着走，也要走完。"

我们总是在对自己暗示，虽然我背后已经有了很多很多人，但是我前面还是有好几个人啊！我们从小就被灌输了一种概念：考试考得不好是可耻的，别人会的你不会就是卑微的。如果真的停下来回头看看，其实我们的背后，已经有了很多很多的人。可是我们都不会回头看，我们永远都以为，自己是这条跑道上跑得最慢的一个。最后哪怕口吐白沫倒在路边，还要用手指抠着泥土继续往前蠕动，这，就是我们。

我们所有的知足常乐后面，总是跟着一句怎么可能。

我们永远永远都不够好。可是那个够好的终点站，又在哪里呢？

跑道的尽头，会不会有鲜花和掌声，谁又知道？我们都是在跑一条环形的路，没有起点没有终点。我们永远都在羡慕自己没有的东西，但是常常会忘了现在羡慕的正是我们曾经扔掉过的、自己放弃过的。的确，不应该自满而怠惰。的确，不应该懒散而堕落。

我们都要获得一些什么，而非去贪图一些什么。足够，就好了。太多的钱，你也花不掉。太多的爱，你也负担不了。不要总是想着，你还要什么，你还有什么什么要去得到。问问自己，你想去拼了命争取的东西，真的能让你更快乐吗？

它对于你个人品质和思想的提升，真的有益处吗？它是否会让你成为一个更好的人？

不要因为别人有了你没有的好东西，就要求自己一定也要有。却应该保证——我努力获取的，是我需要的，我需要的，我一定要努力去获取。就像很优秀却不能用的游戏装备那样，你贪婪了就绑定了。结果，除了摧毁否则根本就卖不掉，放着只是占背包的空间。

我们永远永远不够好，是因为我们的心永远永远都不满足。谁都不曾辜负了自己的青春，可是为什么你会却觉得没别人活得那么快乐呢？不是你得到得太少，只是你不懂珍惜已有的，你的眼里，只看得到其他人，却忽略了自己。

盲目的需求，不如扔了吧。盲目奔跑的自己，不如停下吧。

# 明白

　　十岁那年选中队委员，你的票数明明高过了那个鼻子翘翘的小女孩，可是老师最后还是选了她而不选你，只因为她是老师平时偏爱的小女孩。你红着眼睛瞪着老师和那个姑娘的笑脸，眼泪在眼眶旁边不停地打转。好朋友拉拉你的手，给你递过来一块手绢擦脸。

　　你很想去和老师理论，但是还是没有这个胆量。在家里的饭桌上，你闷闷不乐了好久，奶奶用干燥而温暖的手抚摸着你的额头，问你："囡囡啊，你是不是生病了？怎么今天都不跟奶奶说话呀？"你把头窝进奶奶的怀抱，终于忍不住，所有的委屈化作眼泪倾盆而下。

　　最后这件事依旧没有结果，因为爸爸妈妈说为了这事得罪老师不好，奶奶在校门口的小摊上给你买了一块两条杠的塑料牌，你放进了抽屉里却再也不肯看它一眼。鲜红的颜色像是刺痛了你的眼睛，从此以后你不再热心任何的选举。突然在那一年，你好像懂得了什么叫成长。

十四岁那年，你喜欢上了一个总是穿着白色衬衣的男孩，他有着好看的嘴唇和漂亮的侧面，那一年的你还不懂什么叫作暗恋。那一年你开始迷上了星座，自己的星座和他的星座有多少缘分指数成了你最关心的话题。上课的时候，你偷偷看着他的侧脸，期望他也能很认真地看你一眼。

后来有一次，老师把你们的座位调到了一起，你们变成同桌，你激动地一晚上没睡着，想着明天要怎么和他打招呼才能看起来漂漂亮亮。你打听他的爱好，学着他写字的样子，买他最喜欢的漫画。你的日记里面写满了他的名字，和朋友聊天的时候总是不经意提起他。同学起哄说你们两个是一对儿，你红着脸急忙否定，却在心里一阵欣喜。

他最后还是没有和你在一起，十六岁那年的夏天，你看着他牵着隔壁班的漂亮女孩，她总是穿着漂亮的裙子，就好像公主一样高贵美丽，两个人说说笑笑美好得就像一幅画。你手里的棒冰掉在了地上，看着街边橱窗里的自己，就像是一个不起眼的丑小鸭，你多么想追上去告诉他在那些年里你是多么爱他，可是你最终没有这么做。

你回到家里盖上被子，没日没夜地睡了一整天，没有人知道那时候的你经历了怎样的改变，你告诉自己爱过一个人就不后悔，似乎是那个时候，你开始觉得自己也明白了爱情。

十七岁的时候你开始发胖，为了减肥，你戒了零食只靠吃苹果过日子。你有一个死党，天天怎么吃都不胖。她拉着你去吃炸鸡排，但是你看着只能流口水。有一天你在楼梯的拐角处听到两个同班的女生议论你臭美，长得那么胖还减什么肥，怎么减也减不下去。

你的眼泪差一点儿就要流下来，你想到了体育课你怎么也跑不快的时候老师那善意的微笑似乎都含着一丝嘲讽的味道；你想到了过年的时候亲戚来你家从没夸过你漂亮只是说你结实；你也想到了过年的时候爸爸带你走遍了商场的女装专柜，可就是没有找到一件能把你装进去的衣服。

你想到了很多很多，你开始妒忌为什么有人可以怎么吃都吃不胖。当你终于努力甩掉了一身的肉，在街上与从前的同学相遇，他们都认不出你。你一直都以为自己那么做是为了别人眼里的你更美丽，后来你才明白其实你只不过是要证明自己。

十八岁的时候你上了大学，遇到了许许多多的好朋友，开始了丰富的生活。有一个男孩告诉你他对你有好感，他没有你十四岁就喜欢的那个男孩长得帅，但是干干净净也很讨人喜欢，恰好那时候的你也期待爱情，你们就牵手走在了一起。你们有过一段很快乐的时光，你觉得他怎么长得那么帅。

你们在学校里游荡，看着这片叶子和那片叶子的不同形状，他在你不经意的时候吻了你的脸，然后害羞地冲着你傻笑。你觉得那一天的月光都是粉红色的。可惜后来你们渐渐有了争吵，他不记得你们的纪念日总是让你生气不已，你说他不会关心人，他说你太依赖他，让他感觉没有自由。

后来你们终于到了无法挽回的地步，他告诉你，他爱上了别人，你放开手让他走，和朋友一起去喝了个昏天黑地。你靠放纵来麻痹自己，终于被一个好朋友的耳光狠狠扇醒，她说你何必那么傻。你抱着她哭了一个晚上，好像从来都没有那么伤心过。

第二天你肿着眼睛去上课，告诉自己伤心的事情从此绝口不提。在食堂的时候，你看到了他和他的新女友，你努力咧开嘴角露出了一个宽容的微笑，却还是忍不住匆匆跑回宿舍大哭了一场。

你学着告诉自己要去祝福和宽容，你学着告诉自己要去成长和放开。你试了一次又一次，那个夏天，你忽然想起了很多年前奶奶的怀抱，然后你给自己擦干眼睛，告诉自己从今以后要坚强、要靠自己。

最后你遇上了那么一个他，不算好也不算坏，不算丑也不算帅。他在你难过的时候给你肩膀，在你失意的时候给你怀抱。你们都经历过一些事情，所以开始学会收起自己的任性彼此珍惜，你们偶尔也会争吵，但是总在闹得不可收拾之前握紧了对方的手。别人说你们这样的爱情就很好，你笑了笑说，其实明白才最好。

他不是你的罗密欧，你也不是他的朱丽叶。你想你明白了"最好的爱情不是依赖，而是陪伴"这句话的深刻含义。那些轰轰烈烈的离别你们已经承担不起，只是想静静地彼此依靠。

我们总是在长大，有着太多的委屈从说不得到不必说。

后来一次同学聚会，你又遇上了那个你曾经暗恋得死去活来的小男孩，如今他也已经长大，嘴唇和侧脸依然是那样的好看。他没有和公主走到现在，身边来来去去了好几个女孩。同学们闹着要玩儿真心话大冒险，恰好抽中了你。一个男生问你当年有没有喜欢过那个男孩，你笑着说喜欢了很多年。大家一阵起哄，他也笑眯眯地看着你。

你曾经以为有些事，不说是个结，说开了便是个疤，可是当你解开了那个结的时候，你才发现那里早已经开出了一朵花。

你笑了笑对自己说，没有什么过不去的，这也就是生活。

如今的你还是学不会主动地去争去抢，你也还是不喜欢那些哗众取宠的人，但是你也开始学着为了自己和自己爱的人去争取。有人在路上撞了你奶奶还不道歉的时候，你会生气、会理论。你仍然努力地去爱，去奋斗，哪怕头破血流也不害怕。

你的心里一直活着那个沉默的小女孩，她是你，也不是你，她提醒着你的失去，也装着你这些年来的明白。

# 明白II

初中的时候，我很喜欢一位数学老师S，是一位老太太，她对我总是很和善，还很耐心地给我讲题。她教我的预备班，但是在我初一的时候，她被调到了别的班级，让我遗憾了很久很久。后来初一的数学一直都不好，越来越自暴自弃，没有信心。一次期中考试，我觉得考砸了，于是我哭着想跑出学校的大门，不想再参加接下去的考试。我总是觉得自己有着懦弱逃避的个性，有时候在家里做听力，如果没有做出来就会马上切换一套新题。

初二的时候，新的数学老师也是一个白发苍苍的老太太L。我说不上对她有多喜欢或者多不喜欢，她对我大概也一样。那时候我风雨无阻地每周六在以前的数学老师S家补课，S老师的家很小，是上海的石库门老房子。我很讨厌补课，但是每次去她家里，我都会觉得很开心。现在想起她，还有她冲着我笑嘻嘻，温柔地给我说题目的样子，心里都会觉得很温暖。

初三的那个寒假，L老师说期末考试没有考到90分的不能领一套类似冲刺题的卷子。那次我失手考砸，大概离90分就差了一点儿。其实那套卷子并不是L老师所说的那么严格发放，很多没到90分的人也拿到了。我去找L老师，想问她要卷子，L老师冲着我说，你在别人家里补课补得很开心啊。

我当时一下子就愣住了，不知道该说什么来继续这个话题。L老师冷嘲热讽地把我好一顿教训，我好说歹说，她才把卷子给了我。回家以后，我把这件事告诉了我爸。我爸问我，要不你别去S老师家，去L老师家补课吧？我坚持说不要。后来这事情也不了了之了。毕业之际，才从关系要好的老师那边听说，其实L老师和S老师的矛盾，也不是单纯的补课费的事情，而是L老师不喜欢J老师，恰好和S老师关系不错，因此被连带了进去。

这是一件陈年旧事了。可是不知道为什么，我一直都没有忘记。作为一名学生，说老师的是非总是不好，但是L老师对我一直不冷不热，我也一直就这么不温不火地熬到了毕业。其实我们永远都无法面面俱到。打个不恰当的比方吧，S老师是我们一直想要的，L老师是坚硬的冰凉的现实。但是怎么选，全在自己。

曾经为一个不熟的姑娘出过头，结果却被老师和朋友误会。连最好的朋友都不理解，你干吗那么傻替她出头？最讽刺的是，那个姑娘也并不觉得我为她做了什么，反而让我觉得，虽然我明明做了好人，可实际上就像是一个大傻子。

不知道你是不是一个做过这样愚蠢行为的正直者。只能说，如果你尝试过，一开始就注定会后悔。可是过了很久以后，你便意识到，你做的不过是你内心所认为正确的事情，所以你也没有什么可以遗憾的。如果当初你没有伸出手，那么可能你会内疚一辈子。后来你明白，其实做人最重要的，不过就是为了活个问心无愧。

我曾经拒绝过一个很好的朋友的暗示。当时对他说，我们还是做朋友吧，不适合在一起。他却很执拗地说，那我把你都删了。我很无奈，只能问他到底想要干什么。他说，我就是这样啊，如果我喜欢你可又不能和你在一起，那我们只好做敌人了。

后来我不知道怎么说，便没有继续聊下去。在我想来，这种想法未免也太极端了。可是过了几天后，发现他删了我的QQ、战网实名以及一切联系方式。我不能接受这种思维，但是我可以理解。这个世界上总有太多的人，和你的思维模式并不相同。你开始明白，你不能要求别人和你接受一样的事物。如果彼此不能妥协，那么最后剩下的也只有祝福和告别。

这些年来，有的朋友越走越远，有的朋友一直在身边，原因也无非如此。大家长大了、成熟了，开始明白道不同不相为谋。就像大一时候的某一天，某个以为会相处很久的朋友对我说，渡渡，我不能再像以前那样喜欢你了。我难过了很久，一个人躲在学校里发呆。后来却发现，其实那时候我不理解她，她不过是为了保护我们最后不去承担那不得不分道扬镳的苦难。再怎么也好，人就这一辈子，来世谁都不再认识，那么就尽量让自己少一点儿遗憾吧。

你不会被每个人都喜欢，你不会被每个人都理解。你想要做的太多，你想要迎合的太多，最后的结局只会不伦不类地丢了自己。你说你穷，别人骂你卑微。你说你不太穷，别人说你炫富。你想为了成绩好好学习，有人说你学霸、嘲笑你是书呆子，你说算了吧和大家一起众乐乐，打游戏、荒废学业，有人笑你不过是渣渣；你不化妆，有人说你不懂修饰，你化了妆，有人说你臭美。

你做得比人好的时候有人嫉妒你，你做得不好的时候有人嘲笑你；你说道理的时候有人说你幼稚，你开始沉默的时候有人嘲笑你什么都不懂，所以说都说不出来。你说你的朋友好棒，别人说你秀优越，你说你的朋友渣渣，又有人开始说你这个人太傲不会对人真心。打《魔兽》的时候，你的装备比人差打不过人家，别人说妹子还是回去玩连连看吧。等你装备比别人好、打得比别人好，别人说妹子就是有人照顾，装备都有人给。

你和谁去说道理呢？那些说你的人，谁看过你一遍遍发帖子问每一个小细节，谁又看过你在双月殿外面的木桩那儿一打就一个小时？

你最后明白，活在这个众说纷纭的世界，实在是一件很累的事情。你觉得绝望，你觉得不被理解，你觉得不公平，你觉得很委屈。可是难道就这么去死吗？难道你就因为一两个人的话就要放弃生活？难道要去学被嫌弃的松子那样，留下一张字条说，生而为人，我很抱歉？

　　你开始明白，所有的不理解，不过都在督促你活得更好；所有的嘲笑，都让你变得坚忍。这世上的任何事情，如果不能打败你，都会让你变强。

　　这些年里，开始学会理解别人的难处，也开始接受自己不被人懂得。而世上很多事，明白你的人，你不用解释。不明白你的人，你解释了也没有用。谁能金刚不坏，谁能百毒不侵，谁没有过撕心裂肺的经历？所谓人生，所谓成长，大致不过如此。

## 差不多小姐和差很多先生

前几天和朋友一起出去玩儿，她们念叨着：你怎么不再去找个男朋友。

我说最近太穷谈不起恋爱，出去吃饭要花钱、看电影要花钱。不如下班了在家里打游戏，起码三十块钱的点卡可以让我快乐四千分钟。

我一直都觉得自己处于一种困顿而贫穷的状态。

就像最近我和方老板出去吃饭的时候，他总是念念不忘地提到他卡里只有十块钱。

虽然我觉得，我的日子过得还是不错，但是看到别人挥金如土，说不上崇拜，但是好歹也有一些羡慕。

谁不愿意不用工作到处旅行？谁不愿意去高档的饭店享受

美食？

　　谁让我们生来就不是个高富帅和白富美，那样的潇洒生活我们只能是望尘莫及。

　　高富帅和白富美这几个字，在别人那里是名副其实，在我们这里就是互黑。


　　我的一个朋友A先生，每次和他一起吃饭的时候，他和我讨论的话题永远都是他的前途。

　　其实他的本身状况，在很多人看来已经不错，全国顶尖的大学，又是超级热门的专业，GPA排名全系第九。

　　我很淡定地觉得，这种成绩我这个学渣必定是望尘莫及的。

　　但是他永远都在焦虑：怎么办这门课又没拿到A？怎么办啊，怎么办啊，我成绩太差。哎呀，我为什么没考到第一名？

　　我淡定地吃着饭，然后说你已经很好了呀。要不……我以后叫你第一名？

　　他摇着头，特别痛苦地说，我们以前的同学B先生和C先生已经拿到了保研了啊。

　　哦，对了，B先生和C先生两个人，目前分别就读于国内两所全国人民都知道的学府。

　　这就是我为什么讨厌和学霸一起吃饭的原因，他们总有办法，让你吃不下去。

我的另一个朋友，L先生。

在早年他没有女朋友的时候，天天叫嚷着，上天啊，赐给我一个女朋友吧，只要是女的、活的就可以了。

后来，他真的找到一个姑娘。姑娘还不错，是他的同学，相貌身材家境修养起码都是中等水平，也很喜欢他。

我原本以为他可以知足了，可是过了半年，就听到了L先生劈腿的消息——他另找了一个姑娘。

我很诧异地问他你为什么不要以前那个妹子了。

他不好意思地挠挠头："我觉得她太理智，不像女朋友，我觉得她给我的压力有点儿大，我觉得……"

我说："好吧你别觉得了。你再怎么觉得都是觉得不够的。"

果然没过多久，听说L先生又和后来的女友分手了。他讪讪地跟我说后来的妹子太黏人了，让人觉得窒息，他还是喜欢前面一个。

但是当他又回头去找前一个女朋友的时候，对方笑笑说，对不起，她不是以前那个喜欢他的人了。

而我一位最亲爱的姑娘，E小姐，她有着我所有QQ好友里最让人温暖的签名："这个世界留给你们去征服吧，我只想征服一个人的胃和心。"

这才叫面朝大海，春暖花开。


和朋友一起吃饭，聊天。我突然感慨地说，终于能和你们说点儿其他的事情了。

最近找我聊天的人，一般开头的句式都是：渡渡，我又和我的男朋友（女朋友）吵架（分手）了。

然后我又要开始安慰她们，安慰到最后，自己都抓狂。

说真的，我最讨厌听到的是，我朋友的男朋友会给她买这个那个，为什么他不可以？

还有，我朋友的男朋友每天都会给她发晚安，好爱好爱她的。为什么我男朋友有时候会忘记跟我说？

因为你朋友胸大、腰细、腿长，人比花娇，乖巧懂事。你人矬、腰粗、威武雄壮，一顿饭能吃二斤，还要装玻璃心，你来问我？

我很想那么回答，但是我没有。因为这世上每一颗玻璃心，都应该被温柔呵护，起码，假装是这样。


我的某个姐姐在大学毕业之后相亲相了无数次。从二十二岁一直相到二十八岁，可是她现在还没有把自己嫁出去。

当初和她相亲过、对她有过好感的差不多先生们，如今孩子们都可以满地跑了。我的差很多姐姐却还是单身。

我一直以为她在追求最完美的爱情，后来才知道她是在追求最完美的白马王子。

曾经有个长得不错、家境不错的飞行员喜欢她，姐姐觉得人家只有一米七五不算高。

后来，有了一个一米八长相还行的银行职员喜欢我的差很多姐姐，差很多姐姐觉得人家不够帅。

后来，差很多姐姐去相亲，回来的时候满眼都是桃心，我曾经以为她要解决单身问题了。没想到最近听说这段感情又黄了，好像是说差很多姐姐觉得对方有秃头的趋势。

可笑吗？好玩吗？你们一定也觉得我的差很多姐姐很挑剔吧。

可是，是不是很多时候，我们想要别人对我们都是差不多，我们对别人，却总是要当差很多？


差不多小姐一直相信世界上太多的事情就像那句："我拿起刀，没有办法拥抱你，我放下刀，没有办法保护你。"

而差很多先生却只知道自己永远永远不够好。

差不多小姐一直觉得很奇怪，为什么人类总是在抱怨。

差很多先生总是在疑惑，为什么想要的那么多，而得到的却那么少。

差很多先生觉得无非是自己真的努力得太少，差不多小姐却认为，无非是自己的心太小。

差不多小姐只是想做一个差不多不好不坏的人，不放弃，亦不奢求。

差很多先生却总是觉得自己的钱不够多，女朋友不够漂亮，他要努力努力，可是总是感觉很迷茫。

有时候差不多小姐看到差很多先生的时候也会问自己，真的是我不够努力浪费人生吗？

差很多先生也会问自己，是不是我真的活得太累了？这么活着，我真的快乐吗？

可是差不多小姐还是差不多小姐，什么时候都不会变成差很多小姐。

差很多先生，不会再成为差不多先生了。


差不多小姐一直觉得自己的自行车骑着不错，后来换成了本田车，她觉得很满足。

差很多先生总是嫌自己的迈巴赫开着不够炫目，又换了兰博基尼、换了法拉利。

后来，差不多小姐找到了差不多先生，过着差不多的生活，没有太好也没有太坏。

而差很多先生和差很多小姐总是觉得对方差很多，所以分手以后，再也没一起过。

大概人生就是这样吧。

差不多小姐和差很多先生在天堂相遇的时候，也遇到了差不多先生和差很多小姐。

差不多小姐和差不多先生甜蜜地手拉着手，差很多先生和差很多小姐正在吵架彼此指责。

他们四个人在一起打麻将。

差很多先生突然说，我觉得很羡慕你们，我一辈子奋斗，却最后觉得很孤独。

差不多小姐温柔地看着差不多先生，笑着说，我们家的那位一直都很羡慕你的法拉利呢。

差很多小姐的眼角，突然有点儿湿润。她看了看差很多先生，却又觉得差很多先生，真的差了很多。


故事的最后，我们都忘了差不多小姐曾经是多么深爱差很多先生。

而年轻的差很多先生，心里却只有漂亮的差很多小姐。就像差不多先生，一直都那么喜欢差不多小姐。

后来的结局我们都知道了，不过幸好这个故事，最终不过只是一个故事罢了。

这世界，所谓的贪婪和进取，堕落和知足，无非就是一念天堂，一念地狱罢了。

你真要问我差不多小姐和差很多先生谁更好，其实我也不明了。

我想，差不多吧。

# 那些年，我们是没有人追的女孩

　　记得小时候，我们最喜欢的一个话题就是谁喜欢谁，谁和谁在恋爱。真真假假的，说人的尽各种戏谑之能，被说的女生往往生气脸红，男生则站起来拉打闹取笑者。上课的时候，当两个被大家扯上关系的人接连被老师点到，总是会引起一阵哄堂大笑。老师们或是不解，或是在我们暧昧的笑容中看明白点儿什么，然后拔高声音说一句：不要笑了，我们来看这道题目。

　　情窦初开这几个字，只属于那个年纪。哪个少年不多情，哪个少女不怀春。之前九把刀的《那些年，我们一起追过的女孩》红遍网络的时候，不知不觉想起，那些年，我们都是没有人追的女孩。

　　从小到大，我们的生活里都不乏或者出色或者美貌的女生。更有甚者，像"奶茶"一样，才貌兼得。在这些女孩的衬托下，我们之中的大多数，都默默无闻如同丑小鸭。长相普通，打扮普通，成绩普通。生活里总是充满了平庸的味道。我们是谁的好姐妹，看着谁和谁的恋爱，谁被谁追求。然后又对心里默默喜欢的那个人说，要是你知道我怎么想的就好了。

然而当年你默默喜欢的那个人，现在在哪里，过得好不好，变成了什么样子，你还知道吗？

那个你在做转体运动的时候偷偷看一眼的男孩，那个让你听到他的名字都会脸红心跳的男孩。他，最后知道了你的心意吗？你，是否曾日思夜想他恰好也爱上了那个不起眼的你？你为了他写过多少文字，你有没有在被好友指出喜欢他的时候脸红否认呢？

当年你是怎样的丑小鸭，你还记得吗？

亲爱的你，现在的你，有没有好奇过当初的自己，为什么当初会爱上他。

也许，那就是年少吧，那就是没有人追的女孩的故事吧。没有开头，没有结尾。亲爱的，这个世界上哪儿有那么多的沈佳宜和柯景腾呢？更多的，无非是沈佳宜身边的好姐妹、好朋友，无非是柯景腾身边的好兄弟、好死党。那些年，总有一些没有人追的女孩，也总有一些男孩没有追过别人。

我们的青春是错过了吗？也许，不是吧。在别人的故事里，我们当过了一个美丽的布景板。我们艳羡过，渴望过，小时候觉得，恋爱就是两个人手牵手放学路上一起走，然后一起回家。现在，长大了，我们才知道，原来恋爱这件事能变得很复杂。

以前，一个男生长得帅，或者篮球打得好，或者数学做得好，甚至什么都是一般般，都会有人喜欢。而现在，两个人想在一起，会有太多的要求和阻碍横跨在前面。一起放学回家的梦想，渐渐变成了早晨醒来，阳光与你都在。如果一定要说我觉得有什么遗憾，错过了什么的话，就是我错过了穿校服谈恋爱的岁月，错过了有人在校门口牵着我的手一起回家，错过了两个人找着补课的借口出去吃棉花糖的时光。

那些年，我们是没有人追的女孩。

那些年，我们都在懂爱和不懂爱中长大了。

我们这些没人追的女孩，也总有那么一天，变成了有人爱的女孩。

# 急什么，我们又不赶时间

在学校里总是能看见，这个男生和那个女生刚刚分手，隔了没多久又和另一个女生在一起了。也经常会听说，某个男生开始追求某个女生，而那个女生拒绝他没多久，他又调头去追另一个。分手的时候都会说：我爱你，我离开你就永远不会再去爱别人。被拒绝的时候都会说：我会一直等着你。

这个"永远"，那个"一直"，有效期还没有一包速食面的保质期那么长。

逢年过节，渐渐成了我心目中最无聊也是最可怕的时间之一。那些你根本不熟悉的七大姑八大姨坐在你家的客厅里碎碎念着你有没有对象。他们很着急，比你还要着急得多。他们热衷于谆谆教导你不要太挑剔，看见合适的不要错过，要抓紧时间，不要等到以后嫁不出去。

你爸妈开始有意无意在饭桌上问最近有没有男生向你示好，提起谁家的儿子不错还是单身。渐渐你也开始想，如果嫁不出去了，那该怎么办。一个朋友曾经问过我，她遇到了一个男生，两个人家境挺登对，他长得还行，人也不错，他们都认为，彼此适合结婚。

我忍不住问她：那你们适合相爱吗？

她说她一直在想，答应他究竟是因为她真的爱上了他，还是因为仅仅开始考虑起了未来。亲爱的，未来变数是那么的大，如今的你还是如此的年轻。现在在你眼里看起来适合结婚的人，过个几年是否还是合适呢？要知道，这世上看起来很般配的人那么多，适合你的却只有那么一个。

先停下来，问问自己，究竟爱不爱他。爱情是一个消磨彼此的热情却增长彼此的包容心的过程。热恋的温度会渐渐退却，问题会渐渐出现。如果现在还在怀疑爱或者不爱，那么你们很难会走到你们所设想的未来。

未来是人创造的，不是人想出来的。

天长地久是慢慢走的，而不是那种你说走就能走到的地步。天长地久，在我心里就像是一幅画一样，就像是两个人争了一辈子，吵了一辈子，突然有一天都老了，坐在那里晒太阳，发现彼此也爱了一辈子。你在现在的阳光下，又怎么能看出身边人有一天哀老的面庞。

我们为什么要那么着急？

我们着急长大、着急成熟，可一秒还是一声嘀嗒，不会变快，也不会变慢。我们总是害怕来不及，错过一班地铁会让我们懊恼不已。我们总想多抓住一点儿什么，不论人生，还是其他。

似乎，走得慢一点儿，背后就有吃人的怪兽要把我们给吞噬掉。

在你最该肆无忌惮的时候，你却唯唯诺诺，浪费了人生，也辜负了青春。在你最该细细品味的时候，你却匆匆忙忙，对不起光阴，也对不起自己。在二十岁的年龄，就要去做二十岁的事情，爱二十岁的时候该爱的人。用你最大的努力去爱，去付出，不是为了那个结果，只是为了你身边的这个人。

爱情的目的本就不在于去苦苦维系，而在于爱情本身。

不要去为了那个杳然的目的去胆怯，去害怕，只要尽自己的力就好了。

急什么，我们又不赶时间。

我们只要负责精彩，剩下的，老天自有安排。

# 没有梦想，就没有改变生活的力量

一个朋友，很久之前便在忙着毕业出国的事情。而时至今日，却依旧没有一点眉目。说是要申请读研，可是托福也好，GRE也罢，全部没有准备过。看他的样子，也并不怎么想好好准备。

曾经问过他想去哪个国家，想要申请什么学校，通通是一问三不知。一群朋友不由得担心，就问他究竟为什么想要出国。他用吊儿郎当的口吻告诉我们："我爸想让我出去呗。"

我们又追问，那你自己呢？他叹了口气，什么都没说。不过，我们都明白了。

时至大四，饭桌上说的无非是对于各奔东西的谋划，有人打算读研，有人想要工作，有人挤破头也要去考公务员，还有的人忙着应付各种英语考试，去奔赴看起来很美的海外生活。

每个人有着每个人的选择。而每个选择，又真的是自己的选择吗？

某个老师在课上和我们闲聊，说起她一个朋友有个比我们大一两岁的女儿，父母想让她考研，她并不太愿意。奈何在家由父母做主惯了，再不愿意也只能顺从父母的意思，过上了早起背单词，午来看数学的生活。日日刷题，天天熬得头痛。结果考试成绩下来，离录取的分数还是差了一大截。

这样的结果父母自然是不满意的，逼着女儿再战第二年。可是有些事偏偏像是上天开的玩笑。第二年的分数甚至不如第一年的高。女儿心里不好受，在家还要受父母的责骂。久而久之，变得连门都不愿意出了。

等到父母意识到不对劲的时候，女儿已经有了很严重的抑郁倾向。好好的一个姑娘，硬是被逼出了疯魔。不知道是考研的错，还是父母的错。

一个很好的朋友告诉我，每当她和父母在某些原则问题上产生矛盾的时候，她最讨厌听的一句话就是"爸妈总是为了你好"，这句话几乎成了所有长辈的金句，而这"好心"若是招来了儿女的怨怼，那自然都是儿女的错，又哪儿来父母的错呢？

一直以来，很害怕写和父母有关的文，生怕显得离经叛道。

但却无法改变自己一直以来所认为的观点："孝顺"和"顺从"差得太多。每个人都该有自己的人生，而不是去过父母所期望的那种人生。

诚然，这世界上的大多数爸妈，都是一腔热血对待儿女的。希望儿女走最顺畅的道路，过最好的人生。可是，这世上有些弯路总要自己走的，即使跌倒，也总比遗憾要好。

同样，除了事业，还有感情。所谓父母之命，媒妁之言。如今虽然去掉后面一条，但是不被家人祝福的感情，往往并不会有很好的结局。

W小姐和Y先生在一起近十年，却始终面临着家庭的压力。最后，他们分手的原因，也有很大一部分来自于家庭。没有经历过家长反对的人，或许不会明白那一句"我很累，我撑不下去了"是多么的心酸。W小姐曾想过无数次他们会分开的理由，却始终没有想到这一种，而造化弄人，便是如此。

也因为如此，所以才特别不甘心。往后几年，他们虽各自恋爱，却彼此总是分分合合，把身边的人伤得透彻，也把自己弄得遍体鳞伤。这一路走过来，只有眼泪和疲惫。或许没有父母的高压政策，W小姐和Y先生也会由于某种理由而分开。但是自己的选择和逼迫下的结果，在所有人的心里，都差得太多太多。

我并不反对父母为孩子的恋情提出一点儿意见。如果自己的孩子喜欢上的是一个人品有问题或者心理不健康的人，父母的反对则完全有他们的道理。如果只是因为嫌贫爱富，想要挑肥拣瘦，那则是父母的浅处了。

我一直很喜欢一句话，叫"没有梦想，何必去远方"。而事实上，没有梦想，又何来的远方。说到底，人该明白，自己想要什么想获得什么。没有梦想，没有规划，被父母指挥着走，则是必然。就像你心中如果没有爱人，相亲也就只是相亲，凑合也自然只有凑合了。

所有的反对和抗议，如果没有自己的坚持作为基石，就变得那么可笑、不堪，十足是一个充满怨气的牢骚。

我那位要出国的朋友，不愿意出国，却不知道自己该去做什么，因此只有任凭摆布，活得不快乐，天天玩拖延战术，把自己逼得烦躁不堪。而那个为考研得病的姑娘，也并不像中举的范进那样，真心想要考研。他们所做的，只是完成一个任务，一份作业。不愿意，却没有出路可走。

如果你不满意现在，那就去改变。
不去改变，就没有生活。
而没有梦想，就没有改变的力量。

PART

VII

不高兴 如果有人让你

## 因为你们不熟啊

Z先生是我大学里认识的一个风云人物，称之为男神也不为过。虽然他的口头禅是我也不怎么样，但是无可否认，人长得帅又高，成绩不错到领奖学金，能力又强，这几个特点足以成就学妹心目中的优质学长形象了。如何判断其风云地位，不外乎在我对别人说我是大四生的时候，学妹总会一脸星星眼地说："你们大四有个Z你知道吗？你认识Z吗？"我说："认识，挺熟的。"那么接下去的话题，就别想绕开Z这个名字。

前不久，我在微信上上传了一张和Z先生一起吃饭的照片，有小学妹激动不已地回复我说："哇！你居然和Z在一起吃饭啊，好羡慕好羡慕。"

我默默把手机递给Z先生看："你粉丝真是越来越多了。"Z先生回以我一脸人畜无害的招牌笑容。

还有一个学妹，每次不管Z先生发什么，或者别人发了有关Z先生的照片、状态，她都矢志不渝地第一个点赞。至今我都不知道她是怎么做到的，如果不是写了个程序，那大概靠的也就只有惊人的热情了。

有时候和Z先生走在路上，路过的人都激情四射地跟他打招呼："Z学长！Z哥！"然后才把注意力转过来，"哟，渡渡姐，你也在啊？"

"呵呵。"我笑笑，心里默念："你们这群愚蠢的人啊。"

你以为，我要说一个关于被许多人暗恋的完美学长的故事吗？

你错了。

前不久在送一位同学出国的聚会上，Z先生喝得烂醉，傻傻地坐在那里，醉眼蒙眬，喊着前女友的名字。掏出手机，又哭又笑地给那个姑娘发微信，说着说着就说不下去了，坐在那里发呆，直愣愣地盯着墙角，哇的一声，吐了一地。

我们都愣愣地看着他，一下不知该说什么，集体进入石化状态。也不知道是谁先反应过来，轻轻地搂住了他的肩膀，就看着他坐着哭。我们这才知道，光芒万丈的男神，永远都笑眯眯的男神，也那么不快乐。

高三的时候，由于机缘巧合，我认识了隔壁班的一个大美女。在我认识她之前，从别人那里听到关于她的许多坏话，例如虚伪、做作，例如不真心对人，喜欢出风头。认识她的原因，则是在同一个补课班里的意外相遇。当时，她正在被全班女生排挤。

　　没有理由。如果，那种没有由来的恶意与不喜欢也能算作理由的话。

　　当我真正和她熟悉起来之后，才发现其实她并不是别人所说的那样，相反，她颇为爽朗真诚。被人不理解让她觉得很困扰，也令她觉得很难过。我安慰过她，快要毕业了，不必太介意别人的看法。当时我们聊得很频繁，放学后去补课前也常一起去吃饭，与她成了关系不错的朋友。

　　读了大学之后，联系渐渐变少，有一次顺手点开她的主页，赫然发现，在她的特别好友里有我的名字。当时我感觉非常意外，也有点儿感动。


　　前段时间在人人网上和一个素未谋面的人人网好友聊天，女孩很真诚地对我说："你平时都什么时候看书啊？你喜欢去什么咖啡店啊？"

　　我想了想，告诉她："我平时都不去咖啡店，就去过星巴克，还是去蹭Wi-Fi。"姑娘不甘心，又问我："还有呢？"

我想了想："上厕所的时候是我看书最认真的时候。"

姑娘就再没来找我聊过天。

后来，我把这段对话给了梦美人看，她在电脑那头笑疯了，然后给我发了一堆"哈哈哈哈哈"，我特别真诚地说："我说的都是实话啊。"

梦说："我知道啊。可是别人不知道啊。"

还有一次，忘了是什么由头，一个哥们儿硬是往死里夸我，差点儿没把我吓哭。后来我特别真诚地对他说："我就是一个很猥琐的人，我就喜欢说黄色笑话，求求你能不能别夸我了？"

他对我说："我又跟你不熟，哪儿能知道你真人什么样啊。"

我："……"


上次有个妹子给我写站内信，她的第一句话是："我们已经过了耳听爱情的年纪。"这句文艺的话看得我浑身一颤，不过由此及彼，却想总结一句："我们也早已经过了耳听识人的年纪。"

有时候，你单纯地凭借传闻，来觉得一个人光芒万丈，闪闪发光，不过是因为你们不熟。当万丈光芒露出一点儿黑暗，你的心理预期又会极速降低，出现"原来那个××也不过那样。"

你也会听到某个人被许多人贬低，有着不好的传闻，难道因此你就能判定她或者他真的人品有问题？在不熟悉一个人的时候，给对方做出过高或者过低的评价，其实对对方都是不公平的事情。

这个世界上并没有完美的人，人活一辈子，不会不去怀疑别人，也不可能不被人怀疑。我们难免会被不熟悉的人不理解，被人曲解自己的意图。那个时候，你该怎么办呢？你是冲上去给对方两个耳光骂他们是贱人，还是忍气吞声？

不过一个伤身，一个伤心。

说到底，不过那句话："因为你们不熟啊。"不熟才会产生无所根据的判断，不熟所以瞎话说得理直气壮。

这个世界上，也有那么多的人并不了解你，你也并不能一一解释清楚。而你能做的，只有用力地活着，为那些爱你，你也爱的人。

太多时候，你所喜爱的那个我，或者你所不喜欢的那个我，也不过是你想象中的我罢了。

# 矫情，并不值得被同情

有个姑娘，是1994年出生的，说是爱上了一个已婚男人，觉得很痛苦，不知道怎么办。那男人告诉她说："我爱你，我和我老婆没有感情了。我们不离婚是因为有个孩子。" 剧情好像八点档的狗血电视剧，就连台词都一模一样。

我说："你觉得他真喜欢你？而不是为了你年轻漂亮还单纯？"

妹子很踟蹰地说L："我觉得他对我是有感情的。"

是啊，我也觉得，如果我是男人，家里的黄脸婆生完孩子身材走样，外面有个漂亮妹妹投怀送抱还不求名分，我肯定也有感情，就像玩玩具一样，图个新鲜罢了。

妹子说："那我怎么办呢？我想离开他，但是又不知道怎么离开。每次他说想我了，我就心软了。"

我说："很简单，手机换了，QQ换了，联系方式都换了。只要你想离开，没有离不开的。"

妹子说："好，不过，我要先给他写一封告别信。"

我："……"

后来，这事我也不知道结果，也再没和那个姑娘联系过。不过想到之前和朋友聊天的时候说过的一句话，小三儿就别相信爱情了。当着小三儿还相信爱情，纯属给自己找不痛快。我已经不知道该怎么评论这个姑娘。所谓写一封信告别，其实还是矫情了。很多事情，你要搞得看起来很美好，而最后都是一地鸡毛。

我有个男神朋友，几年前，有个妹子非常喜欢他，追得那叫一个热烈。男神对她的态度很犹豫，说不上不喜欢。说实话，姑娘挺善良，挺文艺，就是为人比较纠结。两个人平时经常有一搭没一搭地聊聊天，也会说点儿人生话题。

后来听说姑娘暗示过几次，表白了一次，都没成。

再后来，有次男神请我吃饭，我问起这事，才知道其实当初姑娘表白是成功了的。可是没过五分钟，姑娘又变卦了："对不起，我喜欢曾经那种可以远远地喜欢你的感觉，我觉得那样特别好，对不起！"

男神当时就傻了："姑娘，你什么意思，你玩儿我呢？"

然后就没然后了。姑娘写了一大堆情真意切的文字来述说自己和男神是多么缠绵悱恻，她对男神又怎么情真意切，没能在一起，她又如何痛苦难耐。男神截图给我看，我看了两行就不想看了。我可以理解因为没有未来而拒绝自己喜欢的人，我却不能理解这个世界有种感情叫"我喜欢你不喜欢我"。

　　前不久，一个同学，我跟她共说过不超了十句话，来QQ找我。问我在吗？我说在。然后就看见几十行字刷了出来，说她和男朋友分手了，现在自己在绝食。

　　我的感受是：尴尬。一方面我和倾诉者不熟，另一方面谈的又是感情问题。如果是熟人或是陌生人，那毫无疑问有什么说什么。可是面对一个"绝食"的不熟妹子，真是无言以对。只能敷衍搪塞，安慰几句了事。

　　她说分手了，感觉活不下去了。我心说不就分个手吗，谁都分过，日子该怎么过还得怎么过，都自杀去了地球早就没人口问题了。但是这话又不方便说，于是问她："你们为什么会分手？"她哭哭啼啼地告诉我因为她和男朋友吵架吵了几句，着急之下就说分手了，没想到这次男朋友当真了。

　　"啊？这次？还有上次上上次？"我问她。

　　"我每次和她吵架都跟他闹分手，为什么只有这次他当真了呢？！"

"因为不作死就不会死。"我情不自禁地打出了人生要义。

"啊？什么意思？"她问我。

"没什么意思，看开点儿吧。"

矫情是件很有意思的事情，它不完全是傻子的行为，但是可以带来彻底如傻子般的后果。这些年来见过许多矫情的姑娘之后，便越发不能理解这种精神状态和行为模式。矫情，你快乐吗？

年轻的时候都会迷恋什么四十五度角仰望，后来发现不过是因为那时候长得太矮。现在我开始欣赏那些干脆的女孩子，喜欢就是喜欢，不喜欢就是不喜欢。谈恋爱谈得干干净净，从不拖泥带水。偶尔难免有不好的情绪，但是绝不刻意造成一种状态。

这世上的很多事情本来都能变得简单。珍惜自己可以抓住的幸福，不要用矫情去一次次地折磨它。就像最后那个故事里的妹子，她以为分手是她拿来对爱的试金石，偏要看着对方一次次来道歉说对不起才觉得心里痛快，可是你又能获得什么？最后有一天对方忍不了了，心被你伤透以后离开你了，你才觉得快乐吗？

要爱就爱，不爱了就走。遇到好人好好珍惜，遇人不淑痛快离开。这是一件很难的事情吗？别在那种明知对错的情况下还假装自己特别离不开，装可怜，没有人可以帮你决定。最不值得同情的事情，就是因自己矫情而生出来的不幸。

# 对不起，我们没有那么熟

　　之前打游戏的时候，我开的团在指挥，Boss（游戏中的终极怪物）掉落了一个很不错的饰品，正好是我想要的。那时候，团里一个猎人的装备很少，我也不认识他，他直接跟我说："团长，我要这个饰品，你给我。"我心想为了公平起见，那就扔色子吧。看谁的点数大，装备就归谁。结果我的点数大过了他。

　　于是我说："对不起，我也需要这个装备。"

　　他说："你另一个号装备那么好，你就让给我吧。"说了许多遍，一副不给装备就要去说我黑别人装备的架势。

　　我想了想，懒得和他继续争下去，就让给了他。他也没说一句谢谢就乐呵呵地换上了，后来因为他的攻击力实在太低，一个Boss都打不下去，我就说："算了，不打了。"他跟我说："你以后开团记得还要带我。"我回了个"呵呵"。

然后，直接把这个人拉进了我的屏蔽名单。

我一个朋友，在学校里是负责管晨跑打卡的，而他们学校的晨跑成绩直接决定了体育能不能及格。每次快要到学期末的时候，他都会收到很多短信和电话，拜托他高抬贵手，能让他们的晨跑成绩看起来好看一点儿。

最近有个姑娘，和他大概只有一面之缘，平时也没联系，突然来跟他说："你要帮我搞定晨跑哦。"恰巧这段时间，老师要来复核晨跑成绩。他只好很抱歉地跟那个姑娘说："不好意思，我也没有办法。"姑娘愤愤地对我的那个朋友说："你这个人怎么这样，拜托你的事情，你怎么都搞不定。"

他很无奈也很憋屈，本来就不是他理所应当的义务，再说他们根本就不熟，从交情到道义，他都没做错。

前不久，一个姑娘给我打电话的时候，说到她们分组做作业时，她和室友、男朋友一组。正好班里有个男生，和她男朋友是隔壁宿舍的，就来对她男友说也要加入他们小组，她男友人挺好，就同意了。结果老师规定每个小组的人数不能超过四个人，而他们那个小组正好五个人。

那个男生就大咧咧地对姑娘说："×××，让你室友出去另外分组呀。"

姑娘一下子没忍住，就骂了他一句："你算个什么东西。"

事后，姑娘的男朋友觉得有点儿没面子，就和姑娘吵了一架。

姑娘来跟我抱怨的时候，我说："你骂得好。"

之前在网上有一个做菜做得很好的男神，把自己拍的食品照片和食谱做成明信片出售。有个姑娘去问他能不能送她一套，说："反正你成本也没多少，你送我一套也不亏的啊。"男神说："姑娘我这个明信片是拿来卖的，不是送人的。"

那个姑娘很生气："亏我那么喜欢你还分享你的相册！你居然连一套明信片都不送给我！小气！"

姑娘，请问你的脑子是被驴踢了吗？

分享了相册就要送给你明信片，你怎么不去钻石店门口跟店员说你很喜欢钻石，要店员送你一个戒指？你从没有晨跑，现在去求人，谁让你当初不跑。你自己该做的事情没有做好，还觉得自己一点儿错都没有。你没有分组，现在可能要出局，那你为什么不想想为什么别的组不肯带你，是不是你做人真的有问题？你攻击力太低，不是你要求别人给你装备的理由，为什么不去想着提升自己的意识和手法？

你去抱怨、你去谩骂、你去要求一些非分的东西之前，你能不能先想想你何德又何能？

其实，在别人来麻烦我的时候，我想很多人都和我一样，在可以帮忙的情况下都会尽量帮忙。包括我的那个朋友以及那个给我打电话的姑娘，其实平时都是很热心的一个人。我们想要的并不是什么回报，但是，我们希望听到的是一句谢谢，是一点儿被尊重的感觉。我其实很讨厌去拜托别人为了自己做什么事情，因为总是觉得别人有自己的事情，不应该被自己打扰。

而当我要去拜托一个人，尤其是跟我不熟的人的时候，我希望我可以尽量地客气，让别人觉得舒服。如果你去拜托一个跟自己不熟的人一件事，别人替你办成了，那是给你面子。如果那人不愿意，你也没什么可以抱怨，因为本来就不是别人的义务。

这个世界上没有什么事情是理所当然的，每个人都有自己的时间和事情，也有自己的为难之处。

"对不起，我们没有那么熟。"

# 别为一点儿小事破坏了好心情

话说我有一个很要好的朋友，性格非常直率，最直接的表现就是他面对看不惯的人会直接表现出自己的鄙夷之情。例如他特别不喜欢装傻的人，也特别不喜欢打小报告的人。作为一个大汉子，他对于这种人的表现一般是黑白分明。

不过这样的后果是也很容易得罪人。要知道装傻的人周围往往也能聚集着一群装傻的，装傻的权利不容侵犯。而喜欢打小报告的人往往心眼儿也小，就喜欢在外面嚼些舌头根。

经常有人，例如纯真的学弟学妹，会跑来和他聊天的时候，问他："学长，你是不是和某某某有矛盾啊？"我朋友倒是一愣："啊？"后来他跟我说起这个事情的时候，他表示了一种耿直的困惑。

我就问他："你就不能不去当面骂他们吗？"

我想到另一个和我要好的姑娘的事情，那时候我们刚刚读大学，她和谈了三年恋爱的男朋友分手了。分手这种事情，一般都不会很愉快，而当时我们又处于一种什么情绪都很喜欢发布在社交网络上的年纪，两个人倒也没有互相指责，只是有点儿伤春悲秋。

　　后来姑娘的一个同学默默地告诉她，同学宿舍里有两个爱八卦的姑娘，偷偷注册了人人网小号去加她男友。为了密切关注他们两个人的感情动态，两个姑娘真是不遗余力，连晚上睡觉的时候都在那里讨论细节。姑娘很郁闷，这是自己的事情啊，怎么别人反而那么喜欢看热闹，真是令人无语。

　　不过后来姑娘不管喜怒哀乐，都不再写在人人网上了。


　　另一个朋友读高中的时候，她和班里的几个类似不良少女的女孩闹了点儿矛盾。现在那么久了，当初大家为了什么事情闹矛盾，后来居然闹到了这个地步，其原因现在看来都已经有些可笑了。不过她说，那时候其实真的很生气很想哭，自己又觉得很累，跟父母说，父母也不在意。

　　对方在网络上写很难听的话来侮辱她，她气得浑身发抖，但她拼命忍住了自己的眼泪。那时候她就告诉自己：不要在意，千万不要在意，别人越欺负你，你越要过得比他们好。

我记得当时我在写《他身上的温暖蛊惑了你，让你误以为那就是爱情》的时候，有一些男生和我持相反的意见。那时候还有个男生特地注册了一个小号，写了一篇很长很长的日志来骂我，用词也并非很好听。

　　其实那时候非常不理解，因为我觉得从他的日志里可以看出，他根本没有读懂我究竟说了什么。我那时候很想写一篇日志再来反击他那种似是而非的观点，但是提笔写了一大串，准备发布的时候，又忍住了。只是那时候突然觉得这种解释很没有意义。

　　其实我们在生活中会遇到很多不合我们脾胃的人和事，而很多时候我们发现根本没有办法和他们解释清楚。例如，我那个个性很直的朋友，他能让那些依靠拍马屁不做实事的人洗心革面吗？我那个被人狂八卦的姑娘，她可以让别人不要八卦吗？我哪怕写了太多太多反击的文字，去解释去辩驳，我也不能改变那个男生的固有观点。

　　我们一生中都会遇到许多的委屈，许多的被人欺负，许多的不被人理解，以及许多的看不惯。可是我们真的可以一个个都去解释清楚吗？

　　有些事，关系到人格，关系到尊严，必须要给自己一个说法，哪怕头破血流，也要给自己一个清白。可是太多事情，只是一些人在似是而非地捏造，而你究竟是一个什么样的人，公道自在人心。

我记得以前有一句话说得很好：了解我的人，根本不用解释，不了解我的人，解释了也是白费劲。

你被别人抢了男朋友的时候，你冲上去给小三儿一个耳光固然解气，可又怎么比得上你过得好，让前任去后悔不已解气呢。不要让一些无关紧要的小事和一些无足轻重的小人阻止你前进的路，也不要让他们破坏你的心情。

如果你的烦恼由于这些事而增加，你不觉得这非常不值吗？

面对这些事，这些人，一句"呵呵"就好了。

# 谈钱伤感情

昨天晚上打完游戏，大家在网上闲聊。战士哥说他们宿舍新来了个小伙伴，有点儿不知趣。我们好奇就问他，这个不知趣是怎么个不知趣法。战士哥说，有种人啊，叫"你们的都是我的，我的还是我的"。我说懂了，这不就是以为四海之内皆是你妈吗。战士哥苦苦地笑笑，就说其实也不是什么大事，说起来吧，就是看见别人有什么好吃的，那人也不问，就直接拿起来吃。战士哥上次买了包速冻饺子放在冰箱里，有天晚上肚子饿了，想下了吃了。结果一开冰箱，发现饺子不见了。一问，果然是被新来的小伙伴毫不客气地消灭掉了，连声招呼都没打。

"在我的概念里，食物和妹子，谁跟我抢，我跟谁急。有一次一个哥们儿让我断个句子，原文是饮食男女人之大欲也。我一断，就成了：饮食，男，女人之大欲也。尤其是夜宵，谁都不准和我夺食吃，敢抢，我咬你！"我很好奇地问战士哥，后来这事情怎么解决的。战士哥很无奈地说："还能怎么解决啊，一包饺子，跟人说起来，自己都感觉小气，毕竟一个屋的，吃了只能吃了呗。"

谈钱是件很伤感情的事情，但是谈感情，又太伤钱。这感情不论深浅，有些人就是能厚着脸皮吃你的用你的，你说他无耻吧，想想也没多少钱，不好意思计较。就当那哥们儿心眼儿大，把你当自己人呗，不然，你还能怎么样？

以前特别怕的一件事，就是别人和我借钱，因为一借，我肯定就不好意思问人家要回来。上次梦美人对我说，她们公会一个固定团的盗贼，问她借了大概二十万G来买装备。可能我用这个游戏中单位你们没概念，这么说吧，大概差不多人民币四百块钱。说多也不多，但是对我们这些学生来说，说少也不少。那大哥一直都没提起还，梦美人不好意思问人家要，就来问我该怎么办，没想到我也是此界无能，于是我们就大眼瞪小眼，只能发呆。

那还只是游戏里的钱，现实里遇到的话更心烦。其实钱这种东西，往往是很多矛盾的起点。很多人，掰也就掰在了钱上。钱这种东西虽然是身外之物，但是你活着，你还真离不开它。消费观念能否契合，对于钱的态度是不是在一个层次上，其实是一件很重要的事情。

当初刚刚认识方老板的时候，基友和基佬都没那么流行。但是在时尚的弄潮儿落哥和森公子的带领下，我们这个混吃等死的小团队取了个高端洋气上档次的名字：基友小分队。那时候，建了一个QQ群，就叫这个名字，经常收到一些奇奇怪怪的入群申请。

从大一开始，我就知道，跟着老板们有肉吃。这么些年来，让大家觉得都比较舒服的是，我们很少为了谁埋单这种事情吵架，基本上都遵循着一种谁有钱谁多花的原则。或者谁工作发工资了，谁过生日了，就谁请一顿。谁要是手头紧，不出也不要紧，没有算过、计较过谁花得多。你可以说是因为感情好，不过我倒觉得，这更多的是一种自觉。

越是好的朋友，越不能因为钱产生矛盾。你去观察就能发现，真正能成为好朋友的人，大多出于脾气相投，三观又和，尤其是在物质消费方面。豁达的人和计较的人在一起待不长久，就像在之前的某篇文里说的那样，人和人相处，讲究的莫不过是一个自觉。

我认识一对情侣，掰也就为了一个钱字。姑娘的家境比较好，男生的家境相对来说比较一般。例如十几块的一杯奶茶对姑娘来说其实是很普通的消费，因为觉得不多，所以让男生埋单，也觉得挺自然。但是男生就觉得，姑娘是不是太奢侈了，十块钱可是男生的一顿饭钱，姑娘天天都要喝，有时候喝不完就扔了，太浪费。后来一次吵架，两个人吵着吵着就说到了这件事情，姑娘觉得特别委屈，说我又没花多少，你干吗老是为了这个事说我？而且这问题不能开头，一开头就想到你连为我花钱都不肯，你一定不是真的爱我什么的，结果越吵越凶。

后来，他们为了吃饭吵，为了姑娘买衣服也吵，只要涉及花钱，很少有不产生矛盾的时候。吵着吵着就累了，后来双方都觉得没有办法再继续相处下去，就这么分手了。说可惜，也挺可惜，但也应该说是意料之外，情理之中。你以为这是一杯奶茶的问题，其实这是两个人消费观念的问题，也是关于钱的性格的问题。

我倒是觉得，谈恋爱时还是AA制比较好。或者说，有些男生比较自觉，比较大方，那么两个人出去玩儿、吃饭、看电影，男生付个饭钱，姑娘就付个电影票钱。或者是，男生请吃饭，姑娘请吃点儿小甜品什么的，双方都会比较舒服。毕竟没有私订终生，谁挣钱也不容易，别人为你埋单，是个情分，但是不为你埋单，是本分。

想要保护友情和爱情，不要以为用钱用得理所当然。别人用你的钱时豁达点儿，自己用别人的钱时注意点儿。其实就是连花爸妈的钱也是一样的，这世上，没人欠你的。

## 你是好人，不是傻子

朋友的男朋友永远都是像个熊孩子一样动不动就生气，想法幼稚又偏激。

朋友每次都难过得半死，然后哭着去求他不要生气、求他和好。

她是很懂事啊，知道感情不应该生隔夜气，知道想想以前的事情，然后理解对方的一时之气。

一开始看到她的眼泪，他会收敛一点儿说对不起，我不该这样，他会半夜两点给她打电话哄着还不肯睡觉的她。

后来，他又故态复萌，越发喜怒无常，因为他明白不管自己多么过分，对方都会低声下气来哄他。

我的朋友是好人吗？当然是好人。

我的朋友是好女友吗？她洗衣做饭事事周到，进可御姐退可萝莉，当然是好女友。

可是她最大的不幸，就是遇到一个烂人。所以，她过得不幸福。

世界上最幸运的事情是一个好人遇到了一个懂他（她）的好人。

世界上最应该做的事情是一个好人踹掉了一个烂人。


好人似乎都是容易吃亏的，从小就是懂事的孩子总被不懂事的孩子抢了玩具。

谈恋爱的时候总是脾气好的去迁就那个脾气不好的，朋友之间总是宽厚的去迁就计较的。

父母朋友的小孩来撕了我的书、砸了我的玩具、弄坏了我的游戏存档，我就不应该生气吗？那是我的东西呀。不要用一句"你是大人了，不要和小孩子计较"来搪塞我们。

你可以觉得我似乎不够豁达，但是我一直认为，你越去纵容小孩子这种行为，他越觉得自己的所做都是理所当然的。

有些人也一样，你不告诉他他是个傻子，他就觉得自己是一朵艳绝天下的花，骄傲且奇葩。

你的懂事，不是让一些人继续不懂事的理由；你的善良和豁达，不是让别人继续为所欲为的原因。

不是所有的付出都会让人感动，不是所有的努力都会让人敬佩。

好人不是委曲求全的代名词，善良和愚蠢也是两件事。

斤斤计较是一件很讨厌的事情，但是更让人厌恶的，是你利用我的不计较而得寸进尺。

我最讨厌不懂得珍惜别人的善良的人，也最讨厌仗着别人对你好而肆无忌惮的人。

哪儿有那么多的东西是应该得到的？难道别人天生就要对你好？荣誉和优渥就应该是给你的？好吃的好玩儿的都要让你来享受，然后做牛做马都是别人来？

你何德何能？你是有着一副好皮囊，还是有着与众不同的才能？

究竟是谁给了你这种恬不知耻的自信，让你觉得你遇到的这一切都是应该的？

做人最重要的一点，除了想想自己，更要想想别人。

要知道，我容忍你是因为我不想和你计较，而不是因为我对你有所畏惧或者我比你傻。

要知道，朋友对她男朋友的忍耐是因为她对他有爱，而不是因为任何其他的因素。

我们要感激每一个对我们付出的人，因为这本来就不是他们的义务。但是他们这么做了，这是我们的荣幸。

我们之所以选择去做一个好人，是因为我们想要那么做。我们选择去对别人好，尽心尽力，因为这样做可以让大家快乐。

我们希望我们的好可以被人理解、被人懂得，让别人也感到幸福。

　　有些人，你对他好是因为他懂得你的好；有些人，你对他好是因为他对你也好。

　　但是总有一些人跳出三界外，不在五行中。在自己的世界里搔首弄姿，孤影自怜。

　　活了那么多年了，你总该开始明白，有些人值得你对他好，有些人不值得。

　　要记得，你是好人，不是傻子。

**图书在版编目（CIP）数据**

和你在一起，我很高兴 / 渡渡著. —长沙：湖南
文艺出版社，2014.8
ISBN 978-7-5404-6808-8

Ⅰ. ①和…　Ⅱ. ①渡…　Ⅲ. ①随笔–作品集–中国–
当代　Ⅳ. ①I267.1

中国版本图书馆CIP数据核字（2014）第145412号

**上架建议：畅销·情感**

**和你在一起，我很高兴**

作　　者：渡　渡
出 版 人：刘清华
责任编辑：薛　健　刘诗哲
监　　制：陈　江　毛闽峰
策划编辑：张其鑫
特约编辑：杨　旸
营销编辑：张　璐
装帧设计：申晓声（sun. design）
出版发行：湖南文艺出版社
　　　　　（长沙市雨花区东二环一段508号　邮编：410014）
网　　址：www.hnwy.net
印　　刷：北京天宇万达印刷有限公司
经　　销：新华书店
开　　本：880mm×1230mm　1/32
字　　数：160千字
印　　张：8.5
版　　次：2014年8月第1版
印　　次：2014年8月第1次印刷
书　　号：ISBN 978-7-5404-6808-8
定　　价：32.80元

（若有质量问题，请致电质量监督电话：010-84409925）

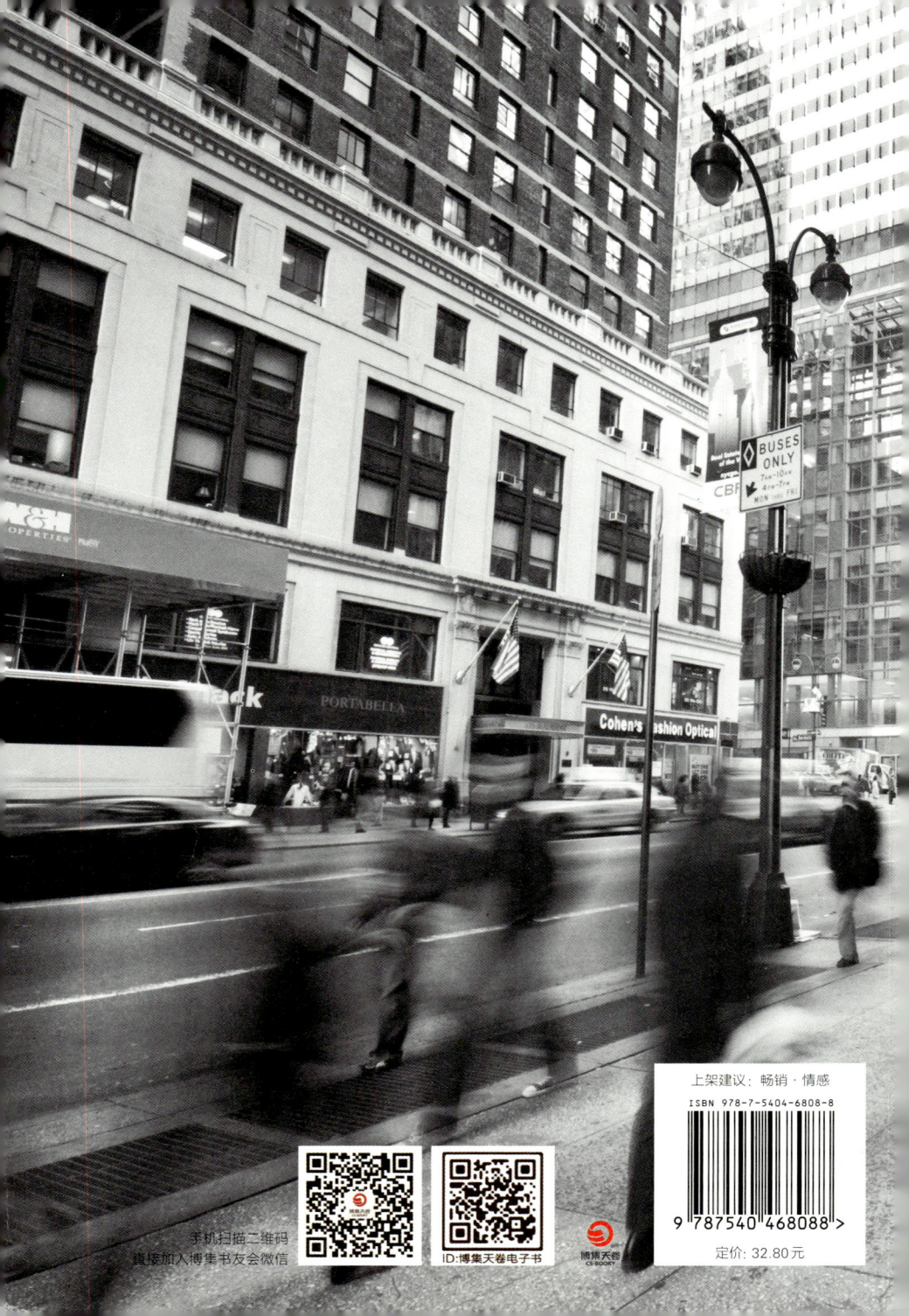

上架建议：畅销·情感

ISBN 978-7-5404-6808-8

9 787540 468088 >

定价：32.80元

手机扫描二维码
直接加入博集书友会微信

ID:博集天卷电子书